木村小夜
SAYO KIMURA

ままならぬ人生

短篇の扉を開く

目次

はじめに　5

I　ままならぬ人生

1 アンデルセン『絵のない絵本―第十九夜―』　8
2 芥川龍之介『トロッコ』　16
3 江戸川乱歩『押絵と旅する男』　27
4 太宰 治『駈込み訴へ』　38

II　二人で十分ややこしい

5 森 鷗外『高瀬舟』　50
6 菊池 寛『藤十郎の恋』　61
7 三島由紀夫『雨のなかの噴水』　70
8 森見登美彦『新釈 走れメロス 他四篇―桜の森の満開の下―』　81

III　時代を跨いで見る

9　夏目漱石『夢十夜―第六夜―』　92
10　安部公房『手』　105
11　村上春樹『パン屋再襲撃』　116

IV　何が罪？　罰するのは誰？

12　芥川龍之介『蜘蛛の糸』『魔術』　128
13　太宰 治『新釈諸国噺―赤い太鼓―』　142
14　石川 淳『灰色のマント』　152
15　オー・ヘンリー『警官と讃美歌』『改心』　164

本書の元となった論考／「空飛ぶ文庫」で取り上げた作家・著作　174

あとがき　175

〈左〉著者　〈右〉飴田彩子氏（FM福井アナウンサー）

はじめに

短篇小説の楽しみ、それは手軽に何度でも読み返せるところから始まります。

初めて読む小説は、私達を新たな物語や個性的な登場人物にひきあわせ、それだけでも十分新鮮な世界を楽しむことができます。ただ、この時は筋を追うだけで多分精一杯でしょう。そこで、最初の読みで結末も全体像も知ってから、再度冒頭に戻り、二度目を読み返してみます。すると今度は、一度目よりもはるかに多くのことが見えてきます。細部が気になり始めます。伏線も発見できます。そして何よりも面白いのは、わからないことが見つかるということです。わかったつもりでいたことが、読み重ねる程にわからなくなる。それが、短篇の扉です。

ようやく私達は扉の前に立ちました。

実は、この扉を開くための鍵も、同じ短篇中のどこかにそっと置かれています。完成度の高い短篇、長きにわたって読み継がれてきた作品の中には、その鍵の置き方の大変巧妙なものがあります。植木鉢の底や郵便受けには見つかりません。あるいは、その合い鍵を何と自分が最初から持っていた、ということもあるかも知れません。そのありかは、私達自身の日常感覚や身近な経験に通じていたりもするのです。

ここでは、有名なものもあまりそうでないものも取り混ぜた十五の短篇を中心に、周辺作品なども交叉させながら、読み方の一例を示してみました。どの短篇にもわからなさという扉があり、それをどのような鍵を用いて開こうとしたか、対話の中で浮かび上がらせようと試みました。こう読まねばならない、というわけではありません。

本書の元になったのはラジオ番組です。トークを気軽に聴くように、謎解きのプロセスを共有して頂ければ幸いです。

※本文中、〈　〉はテキストからの引用（会話部分も含む）、［…］は中略を示し、「　」はテキスト本文の言い換えなどを表す場合にも用いた。

I　ままならぬ人生

1 アンデルセン『絵のない絵本 ―第十九夜―』

◎初出：*Billedbog uden Billeder*, Dec. 1839, C.A. Reitzels Boghandel
◎テキスト：『絵のない絵本』大畑末吉訳、一九七五・一一、岩波文庫

大人の読む〈絵本〉

鮎田　今日、九月十九日は中秋の名月です。中秋の名月とは、旧暦八月十五日の月のこと。秋は空気が澄んで夜空がきれいに見える季節。たまには、夜の空を見上げてみて下さい。
　そこで今日は月が語る物語、アンデルセンの『絵のない絵本』を取り上げます。これは一応童話ということになっていますが、どう考えても大人向きかなという感じがします。

木村　そもそもタイトルが意味深ですね。〈絵本〉だったら子供向きですけれど、そこにわざわざ〈絵のない〉と付けられているのは、既に逆説的。
　一つ一つの話は二、三ページで、三十三のお話が並んでいる連作集です。全体としては、お月様が貧しい画家の部屋の窓辺を夜な夜な訪れて、色々な所で見てきたことを話してくれるというスタイルになっています。今回は「第十九夜」を選びました。あらすじをまずご紹介しますね。

　芸術の国の大きな劇場で、ある俳優の初舞台がありました。その男は才能がないため、この国で

は気に入られず、観客に「引っ込め」という意味の口笛を吹かれて、舞台を追い立てられました。部屋に戻った男の目には涙がたまっていました。男は死ぬことを考えていました。そして、青ざめた顔を鏡にうつし、目をなかばつぶっています。これは死体になった自分がきれいかどうか確かめてみるためだったのです。男は心の奥深くから泣いていましたが、結局、死ぬことはありませんでした。

それから一年後。男はみすぼらしい旅回りの一座の俳優として、とある小さな劇場で舞台に立ちました。そして、柄のよくない見物客にまたもや「引っ込め」という口笛で、舞台から追い立てられたのです。

でも、男は月を見上げてほほ笑みました。そして、今度は本当に自殺してしまうのです。男は墓地の片隅に無残に葬られ、誰にも顧みられることはありませんでした。

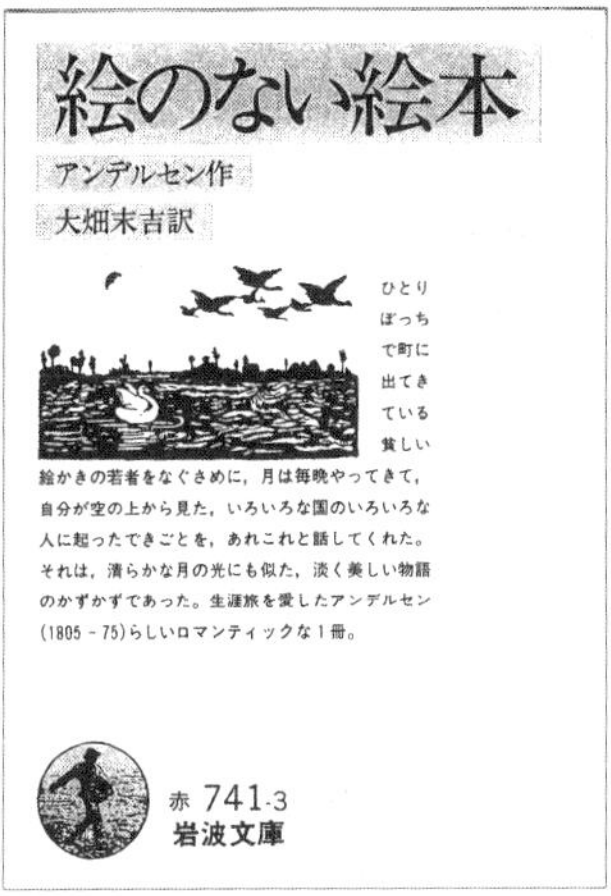
絵のない絵本
アンデルセン作
大畑末吉訳
ひとりぼっちで町に出てきている貧しい絵かきの若者をなぐさめに，月は毎晩やってきて，自分が空の上から見た，いろいろな国のいろいろな人に起ったできごとを，あれこれと話してくれた。それは，清らかな月の光にも似た，淡く美しい物語のかずかずであった。生涯旅を愛したアンデルセン(1805～75)らしいロマンティックな1冊。
赤 741-3
岩波文庫

この内容だけでもうしんみりと没入できたら、それはそれでいいんですが、どうですか。

飴田　最後に俳優が死んでしまうので、きっと哀しいお話なんだろうなとは思いますが、ちょっと感情移入がしづらいなと。これは、「第十九夜」に限らず、『絵のない絵本』全体に言えることだと思います。

木村　そうですね。暗過ぎて入っていけないとか、話があまりにシンプル過ぎるとか。あるいは、自分の日常からすると主人公の設定がもうあまりにも懸け離れていて入っていけないとか。色々感じて結果的に感情移入できないタイプのお話という風に受け止めた方は結構多いと思います。

繰り返しとずれ

木村　そういう場合、どう読めばいいでしょう。感情移入できない場合は、いっそもう徹底的に突き放して読んじゃったらどうだろうというのが、今日のご提案。ドライに読むわけです。ここに描かれている男の苦しみ、不幸はちょっといったん横に置いて、お話のしくみと言いますか、形から入るという考え方で行ってみようと思います。しくみと言っても別にそんなに難しい話ではなくて、ざっくり言うと、どういうつくりになっているかということです。いかがでしょうか。

飴田　前半と後半に大きく分かれますよね。で、主人公が俳優をやっていることは同じ。だけど、シチュエーションが違う。状況が違う。

木村　その通りです。繰り返しというのは子供向きの童話などに多いですけれど、この話に限らず、物語の中に繰り返されるパターンがあった場合は、必ずと言っていい程、その中にはずれている部分や違う部分がちょこっと入ります。もちろん作者が意識してそのずれや違いを描き込んでいるんだから、そこを鍵にして物語を読み直すとお話のテーマというのは大抵見えてきます。他の作品の場合も使える方法なので、何か読まれた時に是非思い出して頂いたらいいと思うんですけど。

飴田　応用がきく。

木村　ええ。このお話の場合だと、今仰ったようにシチュエーションが違う。具体的に言うと、前半はどういう場所でしたっけ。

飴田　前半は、芸術の国の大きな劇場ですね。

木村　そうですね。彼に与えられた舞台は、最初は立派なものだった。ということは、芸術に理解のある国ですから、それなりのものを求めて観客達も新しい俳優のデビューを見に来たことになります。それに対して、後半の小さな劇場……。

飴田　単に小さいだけではないですよね。そこに来るお客さんも、あまり芸術には関心がないというか、精通していないような。

木村　「柄のよくない客」なんて、あらすじで紹介されていましたけれど、少なくとも前半の観客のように、お芝居に芸術とかそういうものを求めて見に来ているわけではない。大衆娯楽みたいな、それなりの観客であるという違いは、想像できます。

繰り返されている、と先程言いました。ブーイングの口笛を吹かれ、舞台を追われて悲しみに暮れるという、そこは一緒なんですけれども、後の方では自殺してしまう。前半ではそれを考えているだけなんだけれど、後半では本当に自殺してしまう。

要するに、チャンスは与えられたけれど、才能のない役者が一年間で落ちぶれていって、非常に不幸な結末を迎える物語、という風にまとめられてしまう。人生の大逆転はなかった。『みにくいアヒルの子』の逆バージョンみたいなものになってしまう……実は、こう読んでしまったら、もうこの話はここで終わりなんです。あまり面白くない。じゃあ、もうちょっと詰めて考えてみますね。

前半と後半で、他に何か異なる点はないでしょうか。

鮎田　前半の場合は、苦しくて泣く。だけど死なない。後半は死ぬ。だけど泣くんじゃなくて、笑う。ほほ笑むんですよね。

木村　そうなんです。泣くとほほ笑むって正反対ですよね。ここはこの話の肝だと思います。

さらに、前半の泣く箇所にはこう書いてあります。〈わたしはこの男が、青ざめた顔を鏡にうつして、目をなかばとじているのを見ました。それは、死体となってからも、きれいかどうかを見るためだったのです〉。またお月様はこのふるまいについて、〈人間というものは、不幸のどんぞこにいる時でもたいそう見えをはることがあるものです〉とコメントしているんです。ここ、どう思われます？

鮎田　この月は結構意地悪ですよね。本当のところを突いているんですけれども。

木村　シビア。

鮎田　そんなことを言わなくてもいいのにな、って感じ。

木村　そうですね。同じ人間同士だったら、これは言わないでしょう、っていう。でも、お月様って高い所にありますから、やはり上から目線。冷ややかというか。私もここを最初に読んだ時に、ぴゃっと冷や水を浴びせかけられたような気がしました。つまり、男の不幸とか悲しみにずっとべったりはりついて語っているわけではないことが、ここではっきりします。

鮎田　寄り添っているような感じはしませんよね。

木村　しませんね。非常に冷静。さらに月はこう言うんです。〈人間は思いきり泣きあかしてしまうと、自殺などはしないものです〉。言いきりましたね。実際、しなかった。その通りになりました。

もう一度そこでまとめると、要するに、人間の苦しみの形として、二つある。先程言って下さったように、涙を流し、嘆き、自らの死に顔を思うというありかたと、それから、ほほ笑む、ほほ笑みを残して自殺してしまうというありかたです。これは苦しみの形なのですが、ただの形とか身ぶりに過ぎないわけではなくて、ここではやはり人間の本質的なありかたとか、その変化に関わるものだというように見るべきなんじゃないかなと思います。

因果を逆転させる

木村　ではさらにこのことを、最初に触れた観客達のレベルの違い、反応と結びつけて考えることにします。

私達は当然のように、男の苦しむ姿を舞台での失敗のせいだと、つまり、舞台で失敗したことが原因で苦しみ、それでこういう姿を見せている、という風に因果関係を考えていますね。でも、ここで発想を逆転してみます。つまり、そのように苦しみを表現する男だったからこそ観客達にそのように評価された、とは考えられないだろうか。

ちょっとわかりにくいでしょうか。言い直しましょう。もちろん、舞台上で男は泣いたりほほ笑んだりしたわけではありません。ただ、心の中、内面とその表現のありかたというのは、素の状態の時のものが、舞台上の演技の質に当然反映してくるんじゃないかと。

具体的に言うと、大きな劇場である前半の場合、まだ男は自分の苦しみの形を涙とか美しい死に顔でしかイメージできない。それで解消してしまえる、その程度の役者だった。苦しい時は涙を流すという、誰にでもわかる通俗的なパターン化された様式で、この男の内面と表現は結びついていたし、それは実際、彼の演技そのものにやはり表れていたと思うのです。

ところが、前半の観客達はレベルが高かったわけですよね。だから、所詮その程度の俳優なのだと、この男の能力を見抜いた。彼らのブーイングはそのことを正しく評価していたんじゃないかと。

では逆に、小さな劇場の方です。同じ考え方で逆転させると、どういうことになるでしょうか。

飴田 大きな劇場を追い立てられてから、一年経っています。きっと俳優は、少しは変わっていますよね。けれども、芸術に理解のない人達の前で演技をしなきゃいけない状態だった。

木村 そうです。ブーイングで追い立てられたという結論は一緒だけれど、評価した観客が全然違う。俳優は俳優なりに一年間で変化しているわけです。その変化とは何か。本当に苦しい時の人間にはもはや涙さえ出てこず、ほほ笑んでしまうことを知った、ということでしょう。実際に彼の表現はそうなっていたわけだし、そこまで行き着く程に彼は一年間で苦労もし、色んな意味で成長していた。

けれども、今仰ったように、残念ながら彼の芝居を見ている観客の目は、人間の内面と表現の関係がそんな風に複雑であることを理解するものではなかった。

飴田 ということは、逆だったらよかったんですよね。前半と後半と、お客さんが。

木村 その通りです。これは相当皮肉な状態というか、ああ、これが逆だったらと誰もが思いますよね。アンデルセンがそういう皮肉を意識して書いていると思います。

人間は誰でも下積みの時期があって、評価されないであがいている時期があるけれども、苦労が積み重なっても、それがいつか評価される時が来る、と思いたい。だから、頑張れるんですけれども。その、いよいよ評価されるべき時に評価されなかった。こんな不幸なことはありません。
飴田　その時、自分がどういう環境に身を置いているかがすごく大事だし。
木村　しかも、それは選べないんです。
飴田　そうなんです。自分で決められない場合が多いですよね。
木村　巡り合わせとか、運不運で決まってしまう。こう読んでくると「あ、わかる」「私らは、やっぱりそういうところで生きている」という、共感できる話になっていくかなと思うんですけれども。
飴田　アンデルセンがそこまで物語の中に書いていて下さったら、この話はもっとわかりやすいだろうに、ただ書かれた文章だけを読むと、「で、何なの？」という、そういう物語がすごく多いです。この『絵のない絵本』って。
木村　それは残念な。確かにこの三十三のお話、詩的なものが多いですが、今申し上げたように、肝心な鍵の部分が枠組みとして用意されているものもあります。それを自分で見つけて読めば、この中には面白く読めるものがあるんじゃないでしょうか。

（二〇一三・九・一九　放送）

2 芥川龍之介『トロッコ』

◎初出：『大観』一九二二・三
◎テキスト：『蜘蛛の糸・杜子春』一九八四・一二、新潮文庫

なぜ思い出すのか

鮎田　今日取り上げて頂く作品は、さらっと読むと子供時代の思い出話というようなお話なんですが、実は、人生山あり谷ありというか……。本当に短いお話ですね。

木村　文庫本で八ページ程。芥川が知人から与えられた素材を元にして、たった一晩で書き上げたと言われています。

鮎田　一晩ですか。

木村　ええ、一晩で。国語の教科書に出てくる位、有名な作品です。多くの人は、これは子供が主人公だから子供向きの話だ、というように読むわけですね。

確かに、主人公は良平という八つの男の子です。鉄道をつくる建設現場で働く若い労働者達——作中では土工と呼ばれています——にトロッコに乗せてもらって、大変楽しい思いをする。でも、帰りは日暮れになって、たった一人で帰ってこなければならなくなる。行きはよいよい帰りは怖い、ですよね。

大体このように記憶されているかと思うのですが、これ、一番最後にそれまでと全然違う視点からの

文章がついているのを、覚えていらっしゃいました？

飴田　いえ、覚えていなかったんですよ。今回読み直してみて、あれ？　最後、こんなのがくっついていたっけ、と思ったんですよね。

木村　そうですよね。大抵の方はこの最後を忘れていらっしゃるんでないかと思うんですよ。

飴田　大人になった時のことが、ちょっとだけ書かれているんですよね。

木村　そうです。この主人公は二十六歳になった時に奥さんと子供を連れて東京に出て来て、今は校正の仕事をしている。で、どうかすると、何も理由は思い当たらないのに、時々あの時のことを思い出す。

飴田　八歳の時にトロッコに乗った、あのことですよね。

木村　そうそう。なぜそれを思い出すのかということですよね。ここ、すごく大事だと思うのですけれど、子供向きに書かれたものと見なされるせいか、時々この最後の四、五行ばかり削られて本に載っていることがあるのです。

飴田　ええっ。

木村　ええっ、でしょう？　けしからんですよね。教科書なんかにはそんなのがあるみたい。

飴田　芥川龍之介は怒っているでしょうね。

木村　怒りますよ。これがなかったら、全然話が変わってきますもの。

飴田　ただの八つの時の思い出話になってしまいますよね。

木村　そうそう。でも、これは大人向けの雑誌に掲載されたわけで、『赤い鳥』とかに載ったのではないんです。ですから今回は、大人になった二十六歳の今の良平にとって、子供の時のあの記憶はどういう意味を持つのか、というところへ向けて、読み直しをしてみましょう。

上り下りの意味

飴田　トロッコと言うと、私達は絵が浮かびますが、十代とか二十代の若い方々にはわからないかも知れませんね。
木村　ああ、私も現物は見たことはないですよ。
飴田　私も現物はないですけど。ドラマとか映画とかでね。
木村　ああ、そうですね。すごく原始的な運搬車ですよね。土砂なんかを積んで、人夫さんがぐいぐいと押していかなければいけない。下る時は勾配を利用して、坂を一気に下りていく。かなりのスピードなんでしょう。
　これ、子供としては、見ていたら面白くてしかたがないと思います。それで、良平も最初はその仕事ぶりを見ていただけだったけれど、どうしても押して乗ってみたくなる。悪戯心が出て弟達と一緒に乗ってみる。そこで一人の土工に突然怒られるわけですよね。「誰に許してもろうて触ったんや」と、がーっと怒られる。
　私も近所の家のベルを押してわーっと逃げたり、柿の木の実全部もいで怒られたり、散々やりましたよ。

飴田　意外に悪ガキだったんですね。

木村　こういう思い出は本当に誰にでもあることでしょう？　だから、この主人公にとっても、「この記憶は年ごとに薄れるらしい」と書いてあるんですね。ということは、こういうありきたりな思い出話を先に記すことで、逆に、これから始まるその後のお話との質の違いが、はっきりしてくる。主人公にとって大事なのはこの後なんだということを、前振りのような話を置くことによって浮き上がらせていると思うのです。こうして、特別な思い出に入っていくわけです。

今度は、良平が一人の時、若くて優しそうな土工二人に、トロッコを押させてくれと頼むんですね。彼らはとても親切で快く良平を仲間に入れてくれます。それで、トロッコを押しながら良平は色んなことを頭の中で考えるんですけども。

例えば、こんな風に書いてあります。ぐいぐいトロッコを押している時は、〈登り路の方が好い、何時までも押させてくれるから〉と。もう、押すだけで楽しいんですよ。トロッコに関われるというだけで嬉しい。頂上まで来ると、今度は下るわけですね。乗せてもらって初めて風を感じながら心地よく駆け下りる。この経験をしながら、彼は〈押すよりも乗る方がずっと好い〉と思う。ああ、楽しいな、押すのは地味だけど、と。さらに、次が一番大事だと思うのですが、〈行きに押す所が多ければ、帰りに又乗る所が多い〉と思うんですよね。これは子供なりの、色んな素朴な発見です。

飴田　私達の遊びの中でもよく経験することではないかな。例えば、橇滑りなんかも高く上れば距離は長くなるわけですね。一生懸命上って高いところまで行くと、滑る距離、楽しい距離が長くなるわけですから。沢山楽しもうと思うと、それに見合っただけの苦労を何かしなきゃ駄目ですよね。

木村　そうですよね。子供は遊びの中で、そういうことを発見していくんだと思うのです。単純作業の中で。それが大人の私達になると、そこにもうちょっと普遍的な、ある種の生活上の真理みたいなことを読み取りたくなる。

　今仰った橇もそうですけれど、上りでずっとトロッコを押していくことは、すごく地味な、場合によっては苦痛な作業でしょう。これに対して、駆け下りる時はすごく楽しい。これが何回も繰り返されるわけです。

飴田　そうですね。上ったり下ったり、上ったり下ったり。

木村　そうそう。一回の山の上り下りでまず、しんどいことと楽しいことはセットだなということがわかるわけですけれども、これを繰り返していると、次はどうなるかという予測がつくようになります。だから、今はこれちょっと退屈でしんどいけど、次はあの楽しい時間が待っている、と思って押していくわけですよ。すると、このしんどい時間もあまり辛くないわけです。今は退屈だけど、やがて楽しい時間が期待できる、今とは違う何かがこの先にある、と信じているから、退屈な今を凌いでいける。そういうことは、今の年代の私達にもないでしょうか。

飴田　あると思いますね。ゴールデンウィークは終わりましたけど、まさに祝日なんかはそうではないですか。次の祝日があるから、祝日に旅行に行くからと思って、退屈な今を一生懸命仕事している。

木村　退屈ですか（笑）。

飴田　いえいえいえ（笑）。一生懸命仕事をして、で、休日いい思いをして、また、平日一生懸命仕事をして、次のお休みまで頑張ろうか、とか。例えばですけどもね。

木村　そうですよね。大人はいつの間にかそういうことがわかるようになっていて。で、逆に、じゃあ、ちょっとこの先に自分のためのご褒美を置いておいて、それまで頑張ろうかとか、自分で意識的にそういう状況をつくったりもするかも知れません。トロッコのような上り下りの人生をいつの間にか意識して、今までこれでやって来たんだから、今しんどいけど、この分、次にまたいいこともあるやん、と思いながら。そうやって何とかクリアして毎日過ごしていくのではないかなと思うのです。

飴田　トロッコのその上り下りが、人生の浮き沈みというとちょっと大げさな言い方になりますけれども、そういう日常とリンクしているというのは、さすが芥川龍之介、これを一晩で書いたというのは。

木村　主人公はまだ八つですから、そんな人生経験は何もない。だけど、大人の私達が読むと、そういうことが見えてくるということです。

リセットできない人生

飴田　では後半は、あまりの楽しさに良平が大変なことになってしまうところをお聞きしたいと思います。話は佳境に入っていくわけですが、ちょっと調子に乗って、随分遠くまで来てしまうのですよね。

木村　海が見えてきて、もう日暮れになってしまって、ああどうしよう、と。土工達は全然悪意はないんだけども、〈もう帰んな〉と、良平をぽんと突き放してしまう。

　あっけにとられて、良平は何もかも投げ捨てて、わーっと帰っていきます。土工にもらった菓子包みから草履から羽織から。何もかも投げ捨てて、というのは一つのポイントでしょう。

飴田　一応、お話の中では、走りづらいからどんどん投げていく。身につけているものを投げていくというような感じだった。

木村　身軽になるためにね。

　まずは、良平の気持ちから見ましょうか。楽しいから、どんどん状況を忘れてここまで来てしまった。えらいことになった。

飴田　帰らなあきませんからね。

木村　あきませんわね。これだけ楽しい思いをして、それを最後に全部、自分で払い戻さなきゃいけないのか、と。こんな辛い思いをしなければ楽しい思いはできないのか、といった感じだと思うのです。

　先程トロッコの箇所で、楽しいことと辛いことはセットになっている、と言いました。トロッコの場合は、それがミニサイズで繰り返されていたけれども、最後の最後にそれが、どーんとやって来た。あれだけ楽しい思いをして、これだけしんどい思いをするとは、と。

　そこで、物をどんどん捨てていきます。いったん進んできた道を逆戻りしようとする時、人はいかに多くの物を捨てなければいけないか、と。戻るということがいかに大変か、と思ったりします。身軽になるとは、同時に何かを捨てることなのかな、という気もします。

飴田　八つの良平の場合は、それが具体的な何らかの持ち物でした。着る物であるとか、荷物であるとか。それを人生に置き換えると、捨てなきゃいけないものというか、捨てたいもの。でも、そんなに簡単には捨てられない。

木村　そうですね。何かこの辺りも、子供の頃はそんな風には気づかないけれど、大人の場合は生活上の様々な経験がありますから、そこに色んなものを読み取れるわけです。

飴田　そうですね。しがらみなんて捨てられませんから、なかなか（笑）。
木村　ああ、そうですよね。人間関係とかも、いわば持ち物ですよね。
そこまで考えてくると、最初に一つの謎かけとしてお話ししたラストの四、五行、つまり、二十六歳の主人公が何を思って八歳の時のこの記憶を呼び戻すのかという、そこへ話が帰っていきます。念のために、この最後のところ、もう一度原文通り読みましょう。

良平は二十六の年、妻子と一しょに東京へ出て来た。今では或雑誌社の二階に、校正の朱筆を握っている。が、彼はどうかすると、全然何の理由もないのに、その時の彼を思い出す事がある。全然何の理由もないのに？――塵労に疲れた彼の前には今でもやはりその時のように、薄暗い藪や坂のある路が細細と一すじ断続している。……

これが『トロッコ』のラストです。塵労というちょっとわかりにくい言葉がありましたが、「塵」は、ちりとかごみです。「労」は苦労とか、労働の労。つまり塵労とは、世間での煩わしい苦労。私達が日常日々味わっているものです。
二十六の彼は、まさに塵労の只中にいる。子供と奥さんを養っていかなければいけない。校正というのも、そんなに楽しい仕事ではないですね。人が書いたものの活字にミスがないかどうか、ずっと追いかけていく。大切だけれど、縁の下の力持ち的な仕事です。
多分そんな生活の中で、彼にとってはちょっとしたささやかな楽しみが支えとなって、今まで何とか生きてきたんじゃないか。まさにトロッコですよね。次に何かまたあるかな、次の連休どうしよう、というのと一緒です。そうやって、トロッコの上り下りみたいに生きてきた。仕事は退屈だな、辛いな、でも家族がいるしな、と。つまり、今の彼は、これまでずっと積み重ねてきた人生を投げ捨てて全部一からやり直すことなんてことはできないわけですよ。

飴田　リセットできない。

木村　そうですね。二十六歳という年齢はどうですか。

飴田　今の感覚で言えば、二十代というのはまだまだ若い。二十六だと結婚していない人の方が多いのではないですか。

木村　そうですよね。今の感覚でいくと何だかまだリセットできそうな年代です。でも、この作品を書いた時の芥川は三十歳です。その時はまだ思っていなかっただろうけれど、この五年後に自殺するのですよ。芥川の人生は三十五歳まで。その作者が三十歳の時に、二十六歳の人のことを書いている。それに当時の平均寿命は今よりはるかに低かったわけだから、この二十六歳は今の感覚で言ったら、もう四十代後半位でしょうか。引き返すことはもう決して考えられない。壮年期と言ってもいいと思うのです。

だから、もうあの時とは違うし、逆走できないとわかっているし。この先に何があるかわからなくても、あるいはもう何もないかも知れないけれど、それでも、もう奥さんも子供もいるし、前へ行くしかないわけです。だからこそ、逆にあの時、わーっと戻って行った時の思いと一緒に、〈一すじ〉の〈路〉を思い出すのではないかなと思うのです。

飴田　あの時は戻れたんですね。八歳の良平は泣いて戻って、親に慰められる。

木村　よしよし、ってね。
飴田　もう、よしよし、って……、
木村　そうですよ。
飴田　もう、よしよし、ってしてもらえませんよ、大人になると。
木村　そうそう。トロッコのように、彼はもう二十六年も生きてきてしまったわけですよね。進んできてしまったわけだから。
飴田　ああ、あれが、
木村　人生を先取りしていたんだと。でも、もう今は戻れない道だけが続いているんだと。そういうことを多分、直感的にこの主人公は感じているのではないかなと思います。
飴田　ただの思い出話だと思っていた『トロッコ』が今、ものすごく奥深いものになりました。最後の数行、二十六になった後の文章、確かにこれは削っては駄目ですね。
木村　駄目ですよ、これ。ねえ？　けれども、子供がこれを読んでも、二十六の時のことなんて想像もつかないし、子供にとっては関係ないことだし、第一、理解できない。だから、それに合わせて削ってしまえ、ということなのでしょうかね。
飴田　ふうん。
木村　若い時に、童話かな？　と思って読んだ小説を読み返すと、そういう発見があるのは面白いと思います。

芥川という作家について最後にちょっと申し上げますと、『鼻』で漱石のバックアップを受けて、大変華やかにデビューします。でも、本当に元気に創作活動ができた時期というのは、わずか六年間位で、あとは病気がちでした。

飴田　ほおお。六年であれだけのものを書いたんですか。

木村　もちろんその前後にも沢山書いていますから、全集で十二巻ありますよ。もう花火みたいな人生です。短い人生で、ぱんぱんぱんぱんっと打ち上げて。だから、この『トロッコ』も、上り下りそのままが人生になっているように読めるわけです。こんな風にぎゅぎゅっと圧縮して人生を描けるのは、まさにそういう生き方をした作家だからこそ、という感じもしますよね。

『蜘蛛の糸』とか『杜子春』とか童話として書かれたものもありますけど、大人が読んだら全く違う発見ができると思います。

（二〇一四・五・八　放送）

3 江戸川乱歩『押絵と旅する男』

◎初出：『新青年』一九二九・六
◎テキスト：千葉俊二編『江戸川乱歩短篇集』二〇〇八・八、岩波文庫

物語の枠組み

木村　まず、〈押絵〉というのがちょっとわかりにくいと思うのですが、美しい布で綿をくるんで全体を立体的につくり上げた絵のことです。イメージしやすいのは羽子板です。
飴田　ちょっと膨らんでいますよね。
木村　そうそう。遊びには使わない上等な羽子板。あれをイメージして頂いたらいいです。この押絵に何が描かれていたか。なぜそれと共に男は旅をするのか。タイトルだけで既に謎めいていますよね。
飴田　私、学生時代は江戸川乱歩をあまり読んでいなかったです。
木村　あら。読むとしたら小学校時代ですよ。『少年探偵団』、『怪人二十面相』。
飴田　それは通過しなかったんですよね。
木村　そうですか。私は読みあさりましたよ。全部同じパターンなのに、なぜか次々読んでしまう。小学校五年生位の時、大人向けのものについ手を出してしまいました。子供の小遣いで買えるのは文庫本でしょう？　当時、二段組の文庫本があって、買ったのは『パノラマ島奇譚』という本当に大人向けの

話。ところが、親に取り上げられたんです。

飴田　こんなものを読むんじゃない、まだちょっと早いぞ、と。

木村　ただ、表向きの理由が「字が小さいから」というもので（笑）。でも、没収された時には実はもう、一回読んでいたんですよ。してやったり！　という感じで。

　そういう思い出がある作家なんですけど、今申し上げたように、大人向けに書かれた作品の中に、探偵小説以外で子供にあまり読ませない方がいいと言われそうなグロテクスな幻想小説が沢山あります。今回読むのはグロテスクではないけれど、実際にあり得ない非現実的なお話ですね。そこに読者をいかに引きずり込むかが作家の手練手管だと思いますが、この話の場合、それはどういうものでしょうか。

　まず語り手の〈私〉が出てきます。彼は、最初は話し手なのですが、途中から聴き手に変わります。それに代わって話をし始めるのが、汽車の中で出会った老人です。この老人が自分の持っている押絵の経緯を話し始め、〈私〉は話を聴く側に回ります。この時に読み手の私達はどの立ち位置にいるかというと、〈私〉と同じ側に立って老人の話を聴くことになりますね。これが枠組みの一つです。

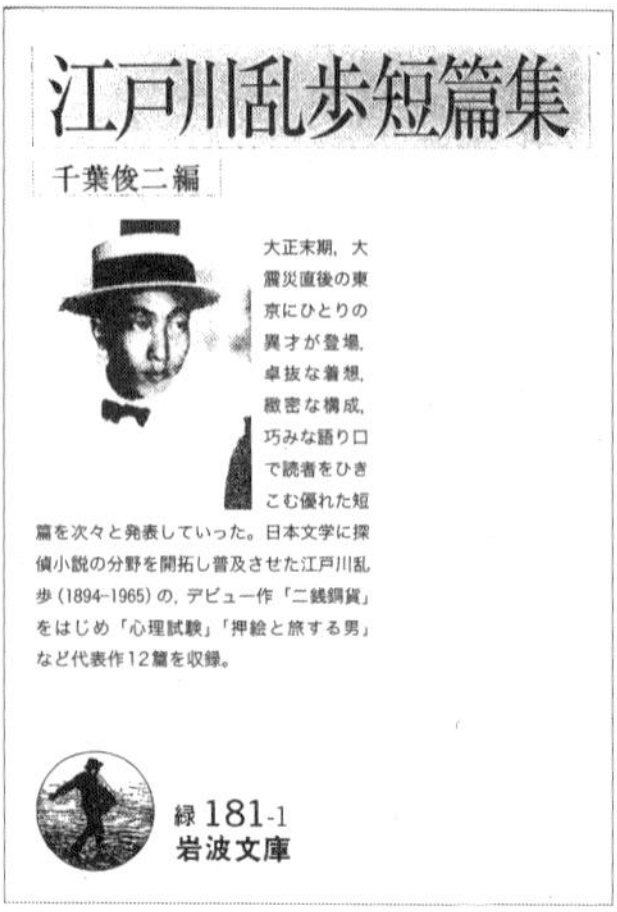

　そして、この汽車の中というのが、〈私〉が富山の魚津に蜃気楼を見に行った帰りの夕方の車中なんです。蜃気楼を見た時のことを、語り手は〈不可思議な大気のレンズ仕掛けを通して〉別世界を見た、と表現しています。

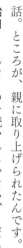

飴田　江戸川乱歩というのは、詩人だと思います。本当に表現がきれいですよ。今回、読んで思いました。

木村　やっぱりね、さすが〝江戸川・アラン・ポー〟。ポーは詩人ですもんね。

蜃気楼が〈レンズ仕掛け〉だという、その世界がまだずっと尾を引いているような状態で老人と出会う設定になっている。これも枠組みとして了解しておきましょう。

老人の物語へ、絵の中へ

木村　ここから、話の中身である老人の語りになっていきます。老人はその押絵の由来を話すわけですが、この押絵、着物姿の美少女が時代遅れの洋服を着た白髪の老人にしなだれかかっているという、不思議なものです。「この絵の中の老人は私の兄です。二十五歳の時の兄の話を聞いて下さいますね」と言って、三十四年前の話に遡っていくわけです。

その頃のお兄さんは、何か鬱々としていました。お昼からふらふらどこかに出かけて行く。一ヶ月もその状態が続くので、弟がさすがに心配になって、こっそり後をつけていきました。するとお兄さんは、通称「浅草十二階」、凌雲閣というところに入っていくんです。この浅草十二階というのは、いわば元祖スカイツリーです。

飴田　うまいことを仰いますね。その通りですよね。

木村　でも、高さは大したことがなくて、五十メートル位だったらしいです。けれども当時、そんなに高い建物は他にはなくて、にょきっとこの塔だけが建っている。この姿がまず異様です。しかも、その塔の上から見下ろす下界は、山から見る景色とは全然違います。周りには他に高い建物のない都会を見下ろすという、今までの日本人が見たことのない新しい風景を、浅草十二階によって手に入れた、と。そういうことでよく言及される建物ではあります。

お兄さんはそこに上って、自分が持ち歩いていた古い双眼鏡で、浅草の境内の方を一生懸命見下ろしています。後ろで見ていた弟は不思議でしかたなく、声をかけます。「兄さん、何を見ているんですか」。するとお兄さんは「ここから一目見た美しい娘のことが忘れられない。もう一度出会いたくて、毎日通っていたんだ」と。それは〈古風な恋わずらい〉と語られています、

ところが、小説というのはよくできたもので（笑）、その時、お兄さんが娘を見つけます。「それ、あそこだ」と言って、二人で駆け下りて行きます。ずっと探していくと、娘だと思っていた人は結局、何と覗きからくりの中の絵の娘だったと。

飴田　実在、生身の人間じゃなかったということですね。

木村　そうなんです。

この「覗きからくり」というのも、ちょっとイメージが湧きにくいですが、いわば原始的な見世物です。装置の中程に覗き穴がいくつか空いていて、レンズがはまっている。そこから覗くと向こう側に押絵の板が何枚か仕組んであって、横にいる人が口上を述べながらその絵を順番に繰っていくという、凝った紙芝居みたいなものです。

この時の押絵が、八百屋お七と吉三の出会いの場面でした。そのお七に恋をしていたというわけです。けれどもお兄さんは、絵姿だとわかっても諦めきれない。「絵の中の吉三のように、中に入って話がして

みたい」とか言い出す。そしてとうとう、ある方法で絵の中に入ってしまうんですね。弟に「この遠眼鏡を逆さにして覗いてくれ」と言うわけです。双眼鏡を逆さまにして見たことがありますか。

飴田　ないんですよ。

木村　ないですか。一度やってみて下さい。この小説を読んだら、やりたくなるでしょう？　ひっくり返して見ると、対象が小さくなります。

弟が見たお兄さんは、とても小さい姿になって、どんどん後ずさりしながら消えていってしまうんですよ。その時の様子は〈闇の中へ溶け込んでしまった〉と語られています。

「あれ、どこに行ったのだろう」と弟はうろうろ探して、その揚げ句、何とお兄さんは、さっきの押絵の中に——吉三がどこに行ったかはわからないんですけど——吉三を押しのけて娘を抱いていたというわけです。

弟はその押絵を譲ってもらって、まず新婚旅行をさせてやる——この辺、妙に現実的ですよね——、旅をする。今もまた車窓の風景を見せてやろうと思って、こうやって立てかけていたんですよ、と。

飴田　汽車の窓のところに絵を立てかけているんですよね、最初のシーンで。

木村　けれども、その時から既に三十年以上経ってしまって、娘の方は人形だからそのままなのですが、お兄さんは無理に姿を変えてしかも人間のままですから、もう白髪で顔は皺だらけで、大変苦しそうな顔をしている。弟が言うには、「自分だけがこんな風になってしまうのは、さぞかし悲しかろう」と。ここで、この老人の話が終わるんです。

「じゃあ、これで」とか言って、絵を持ったまま小さな駅で彼は降りていく。その時の後ろ姿が最後に描かれるのですが、〈それが何と押絵の老人そのままの姿であった〉と。〈闇の中へ、溶け込むように消えて行った〉と、このように話は終わります。

幻想譚の中の法則とは

飴田　私はこの話にすごく引き込まれました。最初のシチュエーション、列車の中に二人しか乗っていないというところから、もう何か起きるよな、と。蜃気楼というだけでミステリアスな、幻想的な雰囲気がありますから。

ではさらに、自分の方に引き寄せて読むにはどうしたらいいか、読みのポイントをお伺いしていきたいなと思いますが。本当に不思議な話ですよね。

木村　そうですね。これを一体どんな風に面白がったらいいんでしょう。不思議な話だから、では作家が好き勝手に書いているのかというと、そうじゃないわけです。非現実には非現実なりの何らかのルールみたいなものがあるんじゃないか、と仮定してみると、色々見えてくることがあります。

まず、老人の話の発端から考えていくと、気になるのは、やはりあの小道具ですよね。

飴田　双眼鏡。

木村　ええ。遠眼鏡とも書いてあります。あのうさんくさい、横浜で手に入れたやつね。

そして、それを通して高いところから見下ろす。使った場所がこれまた何やら怪しげな浅草十二階という、高さ、距離がある場所です。この二つがやはり必須だと思うのです。つまり、高い所で距離があるから、本来なら見えないものを手元に引き寄せて見ることができる。これがレンズというものの機能です。

これによって娘を発見したわけですが、その娘は、実は絵姿だった。でも手元に引き寄せてそれを見てしまったために、あたかも実在であるかのように錯覚した。これがそもそもの発端ですね。

さて、次にそれをもう一度見るのは一ヶ月後ですが、実はこの間の一ヶ月というのが結構大事なのではないか、と。一ヶ月という時を比喩的に言えば、時間的な距離ですね。

飴田　会えない時間、会えない距離というか。

木村　そうですね。いわば時間というレンズを通して、彼の中でどんどん恋心が拡大していくとも言える。拡大レンズを装着しているような状態です。最初に一目惚れした娘の存在が彼の中で肥大して、ある意味で実在の娘以上の理想化、虚構化が進んでいく、そういう段階がこの一ヶ月間でしょう。実際、この間の彼は遠眼鏡にしがみついていたわけですから、まさにこれはレンズの力であることを示しています。

そして一ヶ月後、遠眼鏡で彼女を発見した時には、「やっぱり本当にいたんだ」と、虚構化された存在が再び実在として戻ってくるわけです。次に下へ降り、今度は覗きからくりのレンズを通して見て、実際にいると思っていた娘が、実は絵だったことを発見してしまう……こういう流れがあるわけですね。

ここからどんなことが言えるか、考えてみましょう。

飴田　まず、彼が最初から覗きからくりで娘を見たとしたら、どうだったと思いますか。

木村　最初から絵だとわかっていれば、恋には落ちないですよね。

木村　そうですね。もしかしたら、きれいな絵に恋をするかも知れないけれども、最初から絵とわかった上でという、それだけのことだと。

ところが、彼はまず実在する娘だと思い込んだ。だからこの一ヶ月間で、もう一回会いたい思いがどんどん自分の中で募っていった。そのために、実際は絵だとわかってももう心の方は戻れなくなっている。加速度がついていているわけですよ。この辺から何か普通でない感じがしてくるでしょう。

この異常な感じは、絵のモチーフである八百屋お七のお話と響き合うところがあります。というのも、あの話は、火事があって、その避難先で若い男女が恋に落ちるんですね。その後色々邪魔が入って、二人はなかなか落ち着いて遭えない。再会がどんどん引き延ばされていく。その中でお七の思いが激しく募っていって、ついにあの狂気ですよね。もう一度火事が起きれば、また吉三と遭える。それでみずから放火をして、という。

だから、引き延ばされてしまった再会がとんでもない事態を招くという点では、

飴田　似ていますね。

木村　でしょう？　高い火の見櫓に上って半鐘をカンカンと鳴らす場面も有名ですよね。高所に登って再会を望むあのお七の姿は、浅草十二階に上って再会したいと思うお兄さんの姿とも重なる。これはもう既に指摘があります。

こう考えてくると、八百屋お七は、ただ覗きからくりの定番だから話に出てきただけではないと言えると思います。やはり古典というのは、知っていると楽しいですね。今はGoogleだってYouTubeだってあるし、もし知らなかったら、まず検索かけて見てみればいい。すると、こういうこともわかります。

それから、先程から流れを辿ってきた中で気がつくことは、お兄さんは一度たりともこの娘を——絵

の中に入るまでは――肉眼で見ていない、全部レンズ越しだということ。それを繰り返していますね。遠眼鏡であったり、覗きからくりであったり――時間というレンズもありました――、何種類かのレンズで見るのですが、実はその都度、お兄さんの中で相手の娘が実在する娘から非現実の存在に変わり、そしてまた実在になり、虚構と現実が行ったり来たり、とひっくり返るんですよ。入れ替わりの法則とでも命名しますか、そういうことがここで起きている。

それで、彼はその入れ替わりの法則を自分に応用したわけです。

飴田　そこで弟を使ったんですね。

木村　そうです。レンズ越しに見て存在のありかたが変わるのなら、人間の自分が絵の中に入るためには、誰かに見てもらえばいいいと。自分で見ることはできませんから、弟に向かって、「覗いてくれ」と言うわけです。

ただ、それが普通の覗き方ではなかった。逆さま。姿を小さくするためですけれども、これは普通の使い方ではない。実用に逆らった使い方をしてしまったわけです。この辺りがやはり、人間のまま絵の中に閉じ込められてしまうという一種のひずみをつくり出したのでしょうか。こちらに戻ってきそうにはありませんね。

飴田　戻ってくる気がないんじゃないんですか。

木村　これ、結構幸せなんですかね。

飴田　絵になりきれなかったというのは、ちょっと気の毒。年を取っちゃうわけですから。

木村　もういっそのこと、絵になった方がよかったのかな、という。その辺りは微妙なところで描いています。乱歩作品には、監禁されて苦しむ恐怖を描いたものも多いけれども、この話はそういった恐怖にはそう焦点化していきません。あまり不幸に感じられないからなんでしょう。

飴田　だってお兄さん、みずから進んであの中に入っていった感がありますから。

木村　そう。誰かが陥れたわけでもないし。それと、お兄さんの方が本当のところ、今何を思っているのかはわからないですね。内面には全然触れられない。そこに向かって行かないから、読んで後味が悪くないというか、不思議なお話、という風に安心して読める。乱歩自身、「私の短篇の中ではこれが一番無難」と言っていますが、こうしたコメントもその辺りを指していると考えてよいでしょう。

同化の事情

木村　かたや、この話をずっと聴いていた〈私〉。先程、入れ替わりの法則について話しましたが、〈私〉は老人の話を聴き始めるごく最初の段階、絵を見せられた段階で、実は既にこの法則を経験していました。

まず絵を見た時に、中の人物達はまるで生きているようだ、と思います。ところが、「じゃあ今度はこれで見てご覧なさい」と言われて遠眼鏡越しにレンズを通して見た時、その人間達がもっと生々しく〈奇怪な生活を営んでいる〉ようであったと。生き生きとした絵から人間へと変わっていく、という事態を経験しています。この経験が最初に先取りされて、老人の話に入っていくでしょう？　だから〈私〉はぐいぐいとこのお話に同化していくのではないか。

そして、この同化が完成するのが、ラストです。先程も読みましたけれども、〈闇の中へ、溶け込むように消えて行った〉と最後にあります。これは弟が兄の消失を見届けた時と全く同じ表現です。

弟が見ていた時は、レンズを通してでした。でも今、〈私〉は単なる肉眼で老人を見送っています。肉眼なのにレンズで通したのと同じ見え方になっているということは、〈私〉の脳内はもう老人の話ワールドで覆われているわけです。老人の話がもう、一つのレンズみたいなものになって、〈私〉の目にはめ込まれている。だから、ある意味ではもう普通にものが見られない状態になっている。それがこの、弟が兄を見ている時と同じような見え方になっているという、同じ表現を乱歩が最後に用意した意味かな、と思います。

弟が兄を見送ったように、今、〈私〉も兄そっくりの弟を見送っている。そうすると、色々なものが重なってくるでしょう。老人と〈私〉が重なります。それから兄と弟もそっくりです。これは最初から服装で予感がありました。こうやって、色々なものが重なり合っていく。その合間合間にレンズがひっくり返って、虚構になったり現実になったり。現実と虚構の境目、さらには〈私〉と読み手の私達の境目も曖昧になっていく感じ。

乱歩にとってこの作品がかなり自信作なのだとしたら、私達にそういうめまいを起こさせるようなお話になっているからだろう、とも思います。


（二〇一八・一・一八　放送）

4 太宰 治『駈込み訴へ』

◎初出：『中央公論』一九四〇・二
◎テキスト：『走れメロス』一九八五・九、新潮文庫

口述筆記と翻案の力

木村　今日取り上げるのは、イエスを弟子のユダが裏切ってしまうという物語です。
飴田　聖書の中で最も有名と言ってもいいエピソードですね。でも、何だかタイトルが非常に日本的じゃないですか。
木村　やはりそう思われますか。それは太宰が意識している可能性があります。なぜか〈右大臣〉とか〈左大臣〉も出てきますし。
飴田　これは主人公である男性のひとり語りで進んでいくんですね。
木村　ええ。これ、太宰は炬燵に当たって杯をちびりちびりやりながら、蚕が糸を口から吐くようにずーっと喋っていったんですよ。〈申し上げます。申し上げます〉と。それを奥さんが目の前で書き写すという口述筆記で出来上がった作品。奥さんの証言によると、淀みも言い直しもなかったと言うんです。語ったらそのまま小説になったという。
飴田　頭の中に出来上がっていたということですか。ユダになりきっていたんですね。

木村　もう最初からね。さて、イエスとユダのこうした話、大筋のところはご存じでしょうか。
イエスは民衆に対して影響力を持ち始めていて、それを権力者達が懸念して彼は狙われていました。そこに十三番目の弟子であるイスカリオテのユダが絡んでいって、お金と引き換えにイエスの居場所を教えてしまうという、裏切りの物語。聖書で一番劇的な場面です。

飴田　そうですよね。

木村　イエスはその結果、十字架にはりつけられることになります。歴史上の大事件と言ってもいいでしょうが、これを素材にしてしまうわけです。少し前には映画やミュージカルにもなっていますね。『ジーザス・クライスト・スーパースター』とか。ですから、今なら別にそれほど珍しくもないかも知れない。

でも、この時代、太宰が駆使した翻案という方法の意味は、かなり大きかったと思います。有名な『走れメロス』にも元ネタがやはりあり、この最後には〈古伝説と、シルレル*の詩から。〉と記されています。太宰が『走れメロス』を書かなければ、あの話がこんなに日本人に知られているわけがないのです。中島敦の『山月記』もそうです。どちらも教科書に載りましたね。だから翻案というのは、元ネタをアレンジしたという以前に、ほとんど翻訳と同じ位の力を持っています。それがあるおかげで日本人の私達も、さして有名ではなかったはずの話をこんなに知ることができる

のです。

ユダの造型はどこから

木村　では、そろそろ話に入っていきますが、『駈込み訴へ』を読んでいく上で知っておきたい背景が三つ程あります。

まず、太宰治が聖書に対して非常に強く関心を持っていたということです。太宰って、芥川の大ファンでしたよね。芥川賞も欲しがりました。その芥川が晩年にキリストに関するエッセーを書いたり、聖書を愛読していたことが、少なからず太宰には影響を与えているだろうと。

太宰自身、薬の中毒で入院していた時に、差し入れてほしい本として聖書を挙げています。入院中に読んでいた。それから当時、教会には行かなくていいという内村鑑三の考え方を汲んだ『聖書知識』という雑誌があって、これを太宰は一時期、定期購読していました。彼自身も教会には行っていませんが、聖書には相当強く関心を持っていて、色々な作品にそれを使っています。これが一つ目。

二つ目は、『駈込み訴へ』が書かれたちょっと手前の頃から、単に金に目がくらんだからイエスを売ったという勧善懲悪的な話ではなく、ユダの役割にもっと新たな意味づけができるという考え方が、日本でもかなり広く知られつつあった、ということです。

それから三つ目。当時、太宰には山岸外史という頻繁に行き来していた親友がいました。彼が『駈込み訴へ』が出る前に、『人間キリスト記』というイエスに関する評伝を書いています。この中で、わざわざ「ユダの章」という章を一つ設けているんですね。そこで、ユダの裏切りのエピソードに独自の解釈を盛り込んでいます。そこに出てくるユダは……聖書にも出てきますが、ユダというのは商人ですよね。

飴田　ええ、ええ。

木村　商いをする。ですから、リアリストなんです。打算的でもあったでしょう。それで、イエスの説く神様の愛というのがなかなか理解できないのです。「何を言うてはるんや、この先生は」と。それならなぜ弟子になるのかという気もしますが（笑）。

で、最初は理解していなかったけれども、段々わかり始めるわけです。そして今度は逆に、イエスに理解してもらいたいと当然思うようになる。ところが、イエスの方ではユダを認めてくれない。それで結局、逆恨みのようになって裏切る。こういう流れを、親友の山岸がもう先に書いているのです。

人間の人間に対するよくある感情、それがよじれて行ってこうなる、という話。この大筋を太宰は踏襲しました。ただし、山岸がユダの心の変化をわりと緩やかに一定の時間の幅の中で描いたのに対して、太宰はそこまでの感情の動きも丁寧に描いていますけれども、あの有名な〝最後の晩餐〟――絵にもなっていますよね――あそこの場面にぎゅうっと凝縮させて、ユダの心が二転三転していくところを、すごくドラマチックに描くわけです。

山岸の方は冷静に、淡々と第三者の目から評伝として書いていますが、太宰は、ユダ自身が訴えてこれからイエスを捕まえようとする役人に向けて直接話をするという語り口調にしている。これが大きな違いです。

心が揺れ動くわけ

飴田　何かこう、切羽詰まった感じといいますか、鬼気迫った感情が迸るような感じ。この文体からはそういう印象を受けます。

木村　出だしから、いきなりテンションが高いですよね。ちょっと読んでみますか。

〈申し上げます。申し上げます。旦那さま。あの人は、酷い。酷い。はい。厭な奴です。悪い人です。ああ。我慢ならない。生かして置けねえ。〉

何が始まるんや、と。もう既に役人の前に来ていて、「あの人をこれから捕まえて下さい。何もかもお話しします」という状況です。〈私は、あの人の居所を知っています〉〈ずたずたに切りさいなんで、殺して下さい〉という風に、始まって五行目で言っている。ですから、この語りは、話しかけた段階から後戻りできない言葉になっているわけです。つまり、裏切りは既に始まっている。結末はもう、いわばピンで留められている。そこへ向かってまっしぐらみたいな文章だとさしあたりは言えると思います。

じゃあ、この調子でずーっとまっすぐ一本調子なのかというと、必ずしもそうはならない。読んでいていかがでしたか。

飴田　その辺りがこのお話の面白いところなんですけれども、心があっち行ったりこっち行ったりするわけですよ。「結局、イエス様のことが、あんた、好きなん？　それとも嫌いなん？　どっち？」という風につっこみを入れたくなるような感じです。

木村　ものすごく揺れ動きますよね。

飴田　「あの人は悪い人なんだ」。それで、ぐわーっとそのまま行くのかと思いきや、途中で言いながらどんどん心が揺れていく。

木村　「愛している」と言ったかと思えば、「憎たらしい、どうしようもない奴だ」とか言うんですけれども、なぜこんなにユダの語りが揺れるのかを考えてみましょう。

一つは、目の前に聴いている人間がいますよね。この役人は初対面の相手です。この人に、今までの経緯を全部わかってもらわなきゃいけない。これは同時に、読者に対しても今までの経緯をわからせようとする言葉でもありますけれども。中身は何かというと結局、イエスとの過去についてです。「今までこんなことがあったんだ」という……。ですから、話をしているうちに自分の中でまた盛り上がってきてしまうわけですよ、心の中のイエスに対する思いが。もう一度甦って言葉になるものだから、こんな風に混乱する。

つまり一方には、それをじっと冷静に聴いている役人がおり、他方、ユダの中には、自分の心を散々揺さぶるイエスという存在がいる。彼の語りには、外側と内側からものすごく強い力がかかってきて、それで揺さぶられている、と言えます。

さあ、その状態で何が告白されるのか。まず、今まで自分はあれだけイエスに尽くしてきたのに、というところがありますよね。

飴田　はい、あります。

木村　〝五つのパンと二匹の魚〟って象徴的なものとしてよく出てきますけれど、群衆にお腹いっぱい食べてもらう物が用意されるという奇跡です。でも、実はそれは〈手品〉だったんだとユダは言いますね。

〈危ない手品の助手〉をしてきた、と。「裏で私は一生懸命、食べ物を集めてきたんだ」とか言う。ここ、面白いですよね。

あるいは、自分だけが〈あの人の美しさ〉を本当にわかっている、私の愛こそは本物だ、と。イエスは神の愛を説くわけで、お弟子さん達はそれについて行っているんだけど、「私はあいつらとは違う」と。人間としてあの人をただ美しいと思っている、なのに顧みてもらえない、打ち解けてもらえない。この感情、何か既視感はないですか。

飴田　これはもう、まさに片思いですよね。

木村　まさしく。

飴田　振り向いてもらえない。

木村　そうなんです。これは明らかに片思いですよね。それだけ強い感情を持って、結局振り向いてもらえないから憎くなる。だけど好きなことには変わりないから、うわーっと募ってきて、ついにイエスを売ろうと決意してしまう。

そして〝最後の晩餐〟の場面になり、イエスが弟子達一人一人の足を洗う様子が出てきます。それを見ているうちにユダの中で、もう一度、「ああ、あなたは美しかった。私を許して下さい。今まで売ろうとしていた気持ちはもう捨てたい」となるわけです。自分の足を洗ってもらっている時に、恍惚としていますよね。〈私はあのとき、天国を見たのかも知れない〉。そこまで言うわけですよ。けれども、その後イエスが、「これでみんな潔《きよ》くなったのだ。けれども、みんなが潔ければいいのだが」と言っちゃう。それで〈やられた！〉と。〈ちがいます〉と叫びたかったんだけれど、その言葉を飲み込んでしまう。

〈言われてみれば、私はやはり潔くなっていないのかも知れない〉と、また卑屈な僻んだ思いが甦ってきて、それが一気に怒りになる。

この〝最後の晩餐〟の箇所、文字なのに声が聞こえてくるようじゃないですか。二転三転してすごくややこしい心の動きなのだけれど、それをもし言葉にしてみたらどうなるか、というその迫力がこの作品の一つの魅力です。同時に、人間の心って、そんなに落ち着いたきっちりと形になったものではないんじゃないかということにも気づかされる。

飴田　そうですね。始終、ふらふらしているというか、ゆらゆらしている。

木村　ええ。むしろ、その方が本当なんじゃないかと思わせる。それをよく知られたエピソードの中で大きく描いている感じがします。

逆説に終わる語り

木村　この後——ちょっとこのやり方は残酷だと思いますけれど——、イエスは弟子達が見ている前で〈おまえたちのうちの、一人が、私を売る〉と言って、ユダの口元にパンを押しつけるんです。「おまえだ」と言っているのと同じですよね。それでもう、ユダははじけてしまうわけです。だーっと走り出して、そして今ここに来ました、と。それで〈申し上げます。申し上げます〉なわけですね。

ここからが最後の大団円なんですけれども、ラストの部分を読んでみましょう。

おや、そのお金は？　私に下さるのですか、あの、私に、三十銀。なる程、はははは。いや、お断り申しましょう。殴られぬうちに、その金ひっこめたらいいでしょう。金が欲しくて訴え出たのでは無いんだ。ひっこめろ！　いいえ、ごめんなさい、いただきましょう。そうだ、私は商人だったのだ。［…］いやしめられている金銭で、あの人に見事、復讐してやるのだ。これが私に、一ばんふさわしい復讐の手段だ。ざまあみろ！　銀三十で、あいつは売られる。私は、ちっとも泣いてやしない。私は、あの人を愛していない。はじめから、みじんも愛していなかった。はい、旦那さま。私は嘘ばかり申し上げました。［…］金。世の中は金だけだ。銀三十、なんと素晴らしい。いただきましょう。私は、けちな商人です。欲しくてならぬ。はい、有難う存じます。はい、はい。申しおくれました。私の名は、商人のユダ。へっへ。イスカリオテのユダ。

飴田　最後の十行程ですよね。

木村　はい。まず〈金が欲しくて訴え出たのでは無いんだ。ひっこめろ！〉と言っています。これ、本心なんですよ。だけれども、〈そうだ、私は商人だったのだ〉〈見事、復讐してやる〉とか、〈はじめから、みじんも愛していなかった〉とか言うわけですね。

自分は意志を持ってこうするんだという主張を、彼は非常に強く押し出しています。でも、ここまで読んできた私達は、彼の心の二転三転を知っていますから、これが額面通りではないということはわかります。

〈金。世の中は金だけだ〉とも言っています。でも、これもそうじゃない。最後の方で〈私は嘘ばかり申し上げました〉とも言っています。これはすごく大きいですね。今まで喋ってきたことを全部嘘だと言うのですけれども、ここまで言い分を聞いてきた私達としては、この言葉も完全に逆の意味に聞こえます。

飴田　そうですよね。強がって言っているようにしか思えませんね。

木村　これは、今まで語ったことは全て痛切な真実です、と言っているのと同じですよね。嘘と言っていることが実は本当ということに入れ替わる。小説の言葉は、だから面白いんですよ。最大の逆説が最後に出てくるわけです。

　色々な力がこの作品のユダにはかかってきていると思うんですね。まず、聖書というものすごく大きな規範。それからイエス様というお手本。こういうあまりにも大きな規範とかお手本に対して、ユダは必死にもがいて抵抗して、そこから自由になろうとして「私はこうだ」と主張して。でも、最終的には本心と正反対な言葉を発したところで、何かこう、力尽きた、みたいなね。そういうお話ですよ。

飴田　イエスがパンをユダの口に持っていって、「おまえが裏切り者だ」というようなことを言いますね。あれがなかったら違っていたかも知れない。あれが最終的には、ユダの心に火をつけてしまったんですものね。

木村　明らかにそう読めるような書き方がしてありますし、実は聖書を読んでも、そう読めなくもないんですよ。その辺りがユダの解釈に幅を持たせる原因になっている。あれ？　これってイエスが動機づけしているんじゃない？　と思わせるところはある、確かに。

　太宰治は、この作品には思い入れがあったみたいですよ。『中央公論』に最初に発表する作品というので、かなり力を入れて臨んだみたいですね。

飴田　へえ。こんなことを言うと罰が当たるかも知れないんですけれど、意外とイエス・キリストって人間くさいところがあるんだなって思いました。太宰のこの『駈込み訴へ』を読むと。

木村　そこまでやはり力を持っているんですよね。ユダの語り自体がそう思わせるわけで。実体のイエスがどうだったかは、ある意味でもうどうでもいいわけです。イエスの見え方を通して、ユダもまた一層生き生きとしてくるのでしょう。

＊シルレル……シラー（一七五九〜一八〇五）。ドイツの劇作家・詩人。

（二〇一五・一一・五　放送）

Ⅱ　二人で十分ややこしい

5 森鷗外『高瀬舟』

◎初出：『中央公論』一九一六・一
◎テキスト：『山椒大夫・高瀬舟』一九六八・五、新潮文庫

二つのトピックをいかにつなぐか

鮎田　今日は『高瀬舟』を取り上げますけど、森鷗外の代表作と言ってもいいですね。国語の教科書に載っていたという年代の方もいらっしゃるかも知れません。

木村　大正五年に発表された作品なので、若い人達にとってはもはや古典と言ってもいいかも知れないのですが、トピックが意外と新しい。安楽死の話だというのは結構よく知られていますけれども、それだけではないところが実はミソですので、その辺りを中心に。

鮎田　まずは、あらすじからおさえていきましょうか。

木村　そうですね。タイトルにもなっている高瀬舟ですけれども、これは罪人を島流しにするために、大阪まで送っていくための舟です。通常は、奉行所の役人と罪人、そしてその罪人に最も近しい肉親を一人だけ一緒に乗せて、この罪人と肉親とが夜通し嘆き合う、そういう舟であったということになっています。京都の木屋町に高瀬川が流れていますよね、飲み屋街の辺り。あそこに随分前、古い大きな木の舟が置いてありました。多分あれが高瀬舟だと私は長らく思い込んでいましたね。今もあるかどうか

はわかりません。

さて、この物語の罪人は喜助といいます。病気で苦しんでいる弟を殺したというのですが、身内が他にいないので、舟には同心の庄兵衛という役人と二人きりで乗っていました。

庄兵衛がずっと喜助を見ていると、何か妙に表情が晴れやかなのです。いかにも楽しそうで、今にも口笛でも吹き始めそうな感じ。どうも解せない、これから島流しなのに。で、「お前は一体何を思っているのか」と思わず聞きます。すると、喜助が「いや、自分はこれからの生活を楽しみにしてるんだ」と言うのです。まず、「お前はここにいていいという居場所をもらえた」と。それから「二百文というお金までお上から頂いた」と。「今まで自分は大変な貧乏をしていて、お金を落ち着いて手元に持っていたことがない。それを持っていられるなんて。これを元手にして自分はどんな仕事を島でできるか楽しみにしている」と言うのです。うーん、わからないですよね。

飴田　わからないですね。

木村　喜助って、「喜」は喜ぶと書くのです。もう、最初からいきなり喜んでいるのですよ。で、庄兵衛は色々推測して、でもやはり理解できないので、これはどう考えても、この人は自分とは比べものにならない位、人格的にレベルが上だと。〈足ることを知っている〉というフレーズが出てきましたが、今あるもので完全に満足できると。これはもう仰ぎ見るべき人だなと。で、思わず「喜助さん」と、罪人なのに

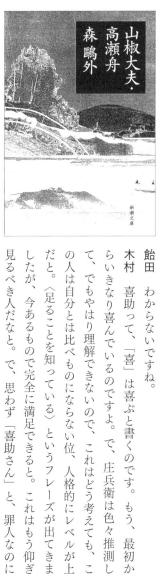

「さん」付けしちゃうのです。そして関心を持ったその罪人に対して、「お前はどういう罪を犯したのか詳しく教えてくれないか」と尋ねる。ここから後半の告白になり、喜助は話を始めます。
　自分には病気で寝ている弟がいた。常々、弟は「兄さん一人に稼がせてすまない」と言っていた。ある日帰ると、その弟が寝床で血だらけになって苦しんでいる。弟が言うには、「どうせ自分の病気は治りそうにもないから、早く死んで少しでも兄貴に楽をさせたいと思ったのだ」と。それで、剃刀で自害しかけたのですが、刃が抜けなくてとても苦しい状態なのです。「頼むからこの刃を抜いてくれ」と。この辺りの描写、すごいですよね。
飴田　描写がもう。本当にちょっと震える感じ。
木村　そうですよね。で、あまりにも苦しそうな表情なので、しかたなく手を貸して抜いてやるわけです。その瞬間を喜助は〈今まで切れていなかった所を切ったように思われました〉と語っているでしょう？　何とも言えませんよね。普通、弟を殺した瞬間をこんな風に語れるでしょうか。
飴田　ねえ、生々しいですよね。
木村　ええ。しかもすごく冷静で、整然と語っているでしょう。この整然とした説明というのは、何度も奉行所で取り調べを受けて、繰り返し喋らされた結果なのです。
　ともあれ、庄兵衛はこの告白を聞いて、またもや、うーん、わからんな、と。これ、本当に弟殺しなのだろうか、と思います。でも、奉行所が流刑という罰を下した以上、自分もそれを自分の判断とするしかないのかな、でも何か解せないな、と疑問を持った状態で終わるわけです。
　この話全体を読んだ私達にもまた、疑問が残りますね。というのは、前半は喜助が何だか嬉しそうにしていることが描かれています。後半では弟を殺した事実が語られています。この二つがどうつながっているのかが、よくわからないのですよ。

〝安楽死〟だけではない

木村　お読みになって、どうでしたか。

飴田　現在の私達が考える安楽死とはちょっと違うなと思いました。安楽死というより、これは自殺幇助だなと思ったんですよ。

木村　おお、そうですよね。

飴田　それから、喜助の喜び方にどこか抜けているところがありますよね。すがすがしささえ感じるような風情。

木村　ええ。すこんと抜けているということですね。

飴田　そうです、そうです。弟と実は仲が悪かったのかとか、勘ぐったりもしました。

木村　もうせいせいしているとか、そういう風に結びつける人も実はいるんですよ。

飴田　ああ、そうですか。

木村　うーん。でもね、そんな話を鷗外が書くとも、あまり思えない。

どうやったらこの二つが結びつくか。実は鷗外は、この作品の解説とも言える「高瀬舟縁起」という短い文章の中で、このお話には元ネタがあることを明かしています。それは京都の奉行所の人が書いた『翁草』というエッセー。じゃあ、これがヒントになるかなと思って読んでみると、『高瀬舟』と同じで、流人がお上からの二百文を喜び、今後の生活に期待していること、そして彼の罪状は自害しかけた同胞の苦しみを見かねて死なせたこと、と全く同じ話が二つ並んでいるだけなのです。で、これを読んで財産というものの観念と〝安楽死〟についての記述がそれぞれ面白い、それで私は『高瀬舟』を書いた、としか鷗外は書いていないのです。

飴田　うーん。

木村　これでは全然ヒントにならない。さあ、どうしましょう、と。

今仰ったように、普通の安楽死ではなく、それ以外のものが何か入っている感じがします。安楽死という一言で片づけられない問題がある点を考えてみましょう。それからもう一点は、このお話がもっぱら高瀬舟という——いわば密室みたいな場ですけれど——舟の上でなされた語りであること。この二つをポイントに考えていこうと思います。

まず一点目の安楽死に関してですけれど、『広辞苑』で「安楽死」を引きますと、〈助かる見込みのない病人を、本人の希望に従って、苦痛の少ない方法で人為的に死なせること〉と書いてあるのですね。これは一番新しい『広辞苑』です。ちなみに第二版補訂版という少し前の『広辞苑』を見ると、この前半がない。つまり、〈苦痛の少ない方法で人為的に人を死なせること〉、これだけしか書いていない。辞書って、議論が進んでいくにつれて、定義が増えたり変化していくんですよね。

飴田　はいはい、そうです。

木村　だからある時期以降は、厳密さを期して〈助かる見込みのない〉云々というのが加わってきています。通常私達が考える安楽死というのは、本人がまず病気で苦しんでいる、その意を汲んで、あるいはそれを見かねて、周りが手を下して楽にしてやる、こういう形になります。
ところが、『高瀬舟』の場合、まず何が起きているかというと、自殺しかけています。それは「周り」即ちこの場合、お兄さんの生活苦を見かねて本人が自害する、という事態になっています。通常の安楽死は、本人が苦しまぬよう周りが手を下すわけだから、逆のようなことが最初に起きています。

飴田 はい。そうです、そうです。

木村 ところが、自殺しかけて苦しい状態になってしまったから、今度はお兄さんが手を下す。ここから先は通常の安楽死の話になります。その手前に通常の安楽死からはみ出る部分があったということですよね。

つまり、弟を死なせたのは、その弟自身を楽にさせるためだけじゃなくて、兄貴を楽にさせたいと弟が望んでいた、それをかなえるために結果的にお兄さんが切ってしまったと。喜助の側からすれば、自分がその後生きていくために相手を死なせたということになってしまうわけです。段々重い話になってきましたけれど。

すると、そんな風に弟を死なせてしまった兄は、この後どう生きていくべきか、という話になるわけです。どうお考えになりますか。

飴田 弟の望みをかなえるためには、自分はやはり最後まで弟のおかげで楽をさせてもらったな、と弟に感謝できる人生を送らなきゃいけない、ということになりますね。

木村 そうそう。うん、もうその生き方に決まってきますよね。それ以外は考えられない。それが、弟が犠牲にした命をそのまま引き受けることになります。だって、最後は自分が死なせたのですから。その決断をした結果が、自分はどんな人生であれ満足して生きよう、というところへ行くと思うのです。これで、何となく前半と後半がつながってくる予感がしてきました。

船上と白洲

木村　では、二つ目のポイントです。つまり、喜助が二つの告白をした高瀬舟という空間の問題。

喜助は弟を殺した事情を詳細に説明しました。これは、奉行所で何度も反復させられた公的な説明であり、お白洲で喋ったのと同じことを喋っています。それに対して、二百文をありがたがり、これからの生活への期待を語る部分は、極めてプライベートな告白なのです。つまり、こちらがまさに高瀬舟の上でしか聞くことのできない話。作品の冒頭で、高瀬舟上での話は奉行所やお白洲で役人達が決して聞くことのない話だ、とはっきり書いてあります。ですから、船上がプライベートな場であることと、喜助の後半の告白が公的であるということが意識されているのが、まずわかる。

さらに、鷗外は歴史上の事実をずらしています。先程、原典があるという話をしましたが、実際の高瀬舟では肉親と罪人とは〈暇乞をさせらるる定法なり〉、公的にそれは定まっていたという風に書いてあるのですね。ところが鷗外は、それを〈慣例〉であったと。公には許されていないけれども黙認していた、とわざわざプライベートなレベルに移行させています。これはどういう意味を持っているのでしょうか。

鮎田　小舟だと思っていますけど。まあ、三、四人乗ったらいっぱい位の。

それから、高瀬舟って、舟の大きさはどれ位だと想像されますか？

木村　小さい舟がすうっと滑って行っている感じですよね。

飴田　ああ、そんなイメージです。

木村　でも、さっき言っていた高瀬川の――今もあるかどうかは知りませんけれど――あの高瀬舟は結構大きいのですよ。資料によると、本当の高瀬舟の寸法は大体、長さが十三メートル近い。七間《けん》とあります。それから幅が六尺六寸。二メートル。かなり乗れますよね。だから二十人位まとめて護送していたんだろうと言われています。それを鷗外はわざわざ小舟のイメージにしています。こんな風に歴史上の事実を曲げてまで、鷗外は高瀬舟という舟をお白洲とは極めて対照的なプライベートな場にして、しかも同心庄兵衛と罪人喜助だけという小さな空間にしているわけです。これはなぜでしょうか。

　さっき話していた喜助の覚悟ということを思い出して頂きたいのですが、この舟、近親一人を乗せる〈慣例〉になっていましたね。喜助の場合、本来ならそれは誰だったでしょうか。

飴田　両親は既に亡くなっていますから、身内は弟だけだったのですよね。

木村　そうなんです。本来だったら、それは弟だったはずなんですよ。

飴田　そうですね。

木村　だから影のように、この舟には弟が乗っていると考えてもいいかも知れません。表向きは同心の庄兵衛に聞かれて、彼に向かって告白している形を取っていますけれども、これから自分は二百文で一生懸命生きていくよ、というあの告白は、本当は弟に聞かせたかったのじゃないだろうか。それをくっきりさせるためには、聞き手の庄兵衛は公的な役割だけを担っていてはいけない。だからまず、〈慣例〉と鷗外は書き変えたし、高瀬舟をこぢんまりとした舟にしたんだと思うのです。

そうするとやはり――先程の話に戻りますけど――、お前が命を引き換えにしてくれた人生なんだから、たとえそれが流刑であっても自分は満足して生きていくよ、という決意表明だったわけですよ。

飴田　ああ、初めて『高瀬舟』の真の意味がわかりました。

木村　これが絶対の意味かどうかはわかりません。でも、こう考えてこの二つは初めて結びつくと思うのです。この晴れやかな表情と罪の懺悔。懺悔という言葉を聞くと、何かこう、うなだれて過去を後悔して、といったイメージで考えてしまうでしょう。だけれど、懺悔というのはそんな感じだけではないんじゃないですか。本当の決意とか決断をした時というのは――始めに仰っていましたよね――何かもう、抜けた感じがする。もう俺はこれで行く、と決めた後の潔さみたいなものがある。それが喜助の晴れやかな表情なのではないですか。ですから、公的な懺悔と、殺してしまった肉親に今後の覚悟をひそかに語るということは、全然矛盾しない。

飴田　うんうん。

木村　両方とも舟の上で語られているから何かばらばらなように思えますけれども、これはもう不可分に結びついているというのが、この作品の読み方かなと思います。でも、実際には難しいですよね。

飴田　弟の人生まで引き受けるという……。こんな風には腹を括れませんね。

木村　括れないですよね。それはやはり、同心の庄兵衛にはわからないです。だから最後まで首をかしげています。

飴田　そうですよね。

木村　私達も最後まで首をかしげていましたよね。やはり当事者じゃないということなのかなと思います。安楽死という問題自体がやはり難し過ぎます。難しいというのはつまり、個人の判断を越えているというか、個人が判断できないことだと思うのですよね。

飴田　ええ、ええ。

木村　では、社会が判断できるかと言ったら、そうでもない。あまりにも個別的な問題。喜助の場合は、それでも判断しなければならなかった。その後の自分の生き方も決めなければならなかった。これはもう、彼がまぎれもない当事者だったからです。それに比べれば庄兵衛は結局、お奉行という社会的な判断を認めるしかないという……。

飴田　安楽死の問題というのがとかく議論されるようになったのは、現代だと思うんです。

木村　そうですよね。ごく最近じゃないですか。あの『広辞苑』の定義が変わったのも、わりと最近でした。

飴田　なのに、これは昔の小説ですよね。

木村　大正五年に、もうこのレベルまで立ち入っているわけです。今、まさに問題になっていて未解決。個人に判断を求めてくる問題。

飴田　そういう意味では、やはり森鷗外というのはすごく進んでいた方なんですかね。

木村　多分、この時代、あまり理解されなかったのじゃないかなと思いませんか。

飴田　ああ、そうかも知れません。

木村　なぜこんなことが問題になるのだろう、と。お医者さんでしたから、人の命について、とても深いところまで考えた結果なのかも知れません。

（二〇一四・一二・四　放送）

6 菊池 寛『藤十郎の恋』

◎初出：『大阪毎日新聞』一九一九・四・三〜一三
◎テキスト：『藤十郎の恋・恩讐の彼方に』一九七〇・三、新潮文庫

役づくりの生む悲劇

鮎田　今回取り上げるのは菊池寛の『藤十郎の恋』という短いお話ですけれども、これは春と関係があるんですか。

木村　この事件が起きたのが、まさに春先なんですね。春は別れと出会いの季節で、何だか落ち着きません。そういう季節のお話です。あらすじをご紹介します。

主人公は、江戸時代の京都の歌舞伎俳優・初代坂田藤十郎。今も坂田藤十郎さんはいらっしゃいますが、その初代の方という設定です。彼は段々自分の芸に行き詰まりを感じて、マンネリ化から脱出したいと思い始めている。新境地を開こうと、今までやったことのない役柄に挑戦しようとします。それは、夫のいる女性と恋をする男。いわゆる不義密通ですね。姦通ですから、当時は発覚すれば二人とも処刑されます。まさに命がけの恋をする男。ところが、彼は自分にその経験がないので、演じ方がわからない。どうしようもなく追い詰められて、三日後は初日ということになってしまう。悶々としています。

その夜、たまたま茶屋の奥さんと部屋で二人きりになりました。お梶さんという幼なじみで、なかな

か美しい人です。そこで、藤十郎はあることを思いつく。彼の頭の中は役づくりのことでいっぱいですから、偽って恋のふるまいをしかけて、自分の心の動きや演技を何としてでも知ろうとするわけです。

彼は、非常に冷静な気持ちのまま、必死になってお梶さんに言葉巧みに言い寄り始めます。「二十年間あなたを想っていた」という具合にね。お梶さんは身持ちが堅いので、最初は頑なに拒絶しています。ところが、なおもしつこく言い寄られ、結局決心して、傍にある行燈の灯をふっと吹き消してしまった。ついに藤十郎の演技にはめられたわけですね。ところが、藤十郎はその場をすっと立ち去ってしまいます。「今回の役づくりは、これでできた」と。かたやお梶さんの方は、屈辱の中に取り残されてしまう。

三日後、いよいよ始まった舞台で、藤十郎は非常に真に迫った演技をして評判を取る。そのうち、なぜかあの夜のことが噂になって、どうも藤十郎は役づくりのために人の女房に恋をしかけたらしい、と。嘘でも何でも恋をしかけられた女房も果報者じゃ、というような噂が飛びます。

この噂のせいかどうかはわかりませんけれども、お梶さんは三月の半ばに、この芝居をやっている舞台の楽屋で首を括って死んでしまう。その事件までもが芝居の評判を煽って、いよいよ藤十郎の芸は冴えていった、というお話なんです。いかがですか。

鮎田　藤十郎は、特にお梶さんに気があったわけではないのですよね。実験したんでしょう。演技を身につけるために。役づくりのために。まあ、何てひどい話。

ただね、言い寄られると、それが演技なのか本心なのか、やはり女性の側というのはわからなくなっちゃうんだなと。それも哀しいなと思いました。

木村　人を犠牲にして自分の芸を磨こうというんだから、確かにとんでもない話です。でも、今のご発言はなかなか重いですね。

策略は完璧だったか

木村　菊池寛の友達に、芥川龍之介がいます。芥川賞をつくったのは、菊池寛ですからね。彼の『地獄変』という作品が似たような話で、これは、かわいがっていた自分のひとり娘を犠牲にして地獄の絵を描き上げるという、もっとすごい話です。娘が焼き殺されてしまうのです。このお話については、主人公は娘が犠牲になるとわかっていたけれども、芸術家として突き進んでいったんだ、という説と、いや、よくわかっていなかったんじゃないか、半分陥れられるような形で娘は殺されたんじゃないか、という説との間で論争がありました。

　こういう議論を今回の作品にスライドさせて考えられるのは、百パーセント計算ずくで藤十郎がお梶さんを犠牲にして自分の役づくりを完成させたと言えるのかどうか、ということです。もしそうだとして、芸術家でも何でもない平凡な私達がそういう話に心を打たれるだろうか、とも思います。

　どんな芸術家であれ、芸事をなす役者であれ、結局、人間ではないのか、と。今仰ったように、女というのは恋の局面に置かれると、本当なのか嘘なのかわからなくなる、いや、女に限らずそれがまさに人間のありかたですよね。では、藤十郎の側はどうだったのか。そちらからも見ることもできるんじゃないかな、と思うわけです。

　そこで、果たして藤十郎が役者としてパーフェクトだったのかどうか、演技を自覚的につくり上げていったのかどうか、という点に関して、ここの部分に注目してみましょう。


「藤十郎の切ない恋を、情《つれ》なくするとは、さても気強いお人じゃのう、舞台の上の色事では日本無双の藤十郎も、そないにかかっては、たわいものう振られ申したわ」と藤十郎は、淋しげな苦笑を洩した。

　と、今まで泣き俯していた女は、ふと面を上げた。

「藤様、今仰った事は、皆本心かいな」

　女の声は、消え入るようであった。その唇が微かに痙攣した。

「何の、てんごうを云うてなるものか、人妻に云い寄るからは、命を投げ出しての恋じゃ」と、いうかと思うと、藤十郎の顔も、さっと蒼白に変じてしまった。浮腰になっている彼の膝が、かすかに顫いを帯び始めた。

　必死の覚悟を定めたらしいお梶は、火のような瞳で、男の顔を一目見ると、いきなり傍の絹行燈の灯を、フッと吹き消してしまった。

飴田　藤十郎がお梶さんを口説いているシーンですね。
木村　そうです。口説き終わって、その後、灯を消した、というところまで行きました。まず、始めのところで、藤十郎が、「他に並ぶ者のない俳優としての私も、あなたには振られてしまった」と、ふっと力の緩んだような物言いをします。

もう藤十郎はこの辺りで演技を終わらせるつもりだったんじゃないかな、と私は思うんです。だって、どこかでやめなきゃいけないでしょう。もうそろそろ潮時というか、見るべきものは見たし、という感じです。第一、〈藤十郎も、そなたにかかっては〉振られてしまった、と言っています。これは、舞台の上では絶対に言えない台詞です。藤十郎であるということを彼は持ち出したわけですから、これは非常に本音っぽい言葉ですよね。

彼としては、もうここで終わらせるつもりだったんだけれども、女性って、男性がふっと見せるこういう弱い本音というのに心を動かされませんか。それまですごく頑なだったけれども、お梶さんの心が揺らぎ始めるんです。お梶さんは、〈今仰った事は、皆本心かいな〉と言って、ここで初めてふっと顔を上げます。

藤十郎としては、「本心か」と聞かれて、「いや、実は、今の、全部嘘でしてん」とは言えませんわね。「いや、本心だ」と言い返さないわけにはいかない。つまり、藤十郎としては演技を降りかけたんだけれども、お梶さんの「本心か」という言葉に引きずられて芝居を降り損なったんだと思うのです。その証拠に、顔は青ざめてきますし、膝も震え始めています。冷静ではなくなっている。演技を自分でコントロールできなくなってきている。でも、皮肉にも、「本心なんだ」と言い続けたことによって、お梶さんの側が本気になってしまうんですよね。灯を吹き消すところまで進んでしまう。この行動は、お梶さんにとっては決定的な行為です。密通を決意したわけですから、これは後々、彼女が自分の罪を強烈に意識することになるふるまいですね。

　まとめると、こういう流れです。藤十郎が演技から降りようとした。ところがそれは皮肉にも、お梶さんの心を動かしてしまった。逆に、藤十郎がそれに引きずられる形で芝居から降り損ねた。降り損ねたことがお梶さんを本気にさせてしまった。

　ここに、演技・嘘といったものと、本気というものとの関係が表れていると思います。少し一般論に逸れるかも知れませんが――先程まさに仰っていたことですけれど――、果たして恋というものに本心と演技の区別というものはあるんだろうか、と。そんなにはっきり区別をつけられるんでしょうか。

　例えば恋が始まる時、二人きりになっている恋人同士って、すごくクサいことを喋っていませんか。

飴田　そうかも知れません。始めないといけませんからね。

木村　ロマンチックにやらなきゃいけないでしょう。特に男の人には、その役割が課せられますよね。普段だったら言えないような芝居がかったような物言いとか、普通できないようなキザなふるまいとか、そういうことを多分、平気ですると思うんです。そうでなきゃ、恋は始まらない。ドキドキ感も生まれない。だから、恋そのものが持っている本心と演技の境目の曖昧さみたいなものがあって、それに、藤十郎もまた絡め取られていないだろうかという気がするわけです。
　つまり、彼は役者としてパーフェクトに計算し尽くして自分の役を獲得したわけではなく、やはりそういう人間らしさを持っているが故に、そうした曖昧さが描き込まれているのではないか、と。

闇の中の虚実

木村　それから、もう一つ。彼が芝居から降り損なったために、お梶さんは灯を消してしまいました。藤十郎にしてみたら、自分の演技が相手に及ぼす影響をじっと観察して、女の反応を演技に生かそうとしているわけですから、明るいところでないとそれは見えません。

飴田　そうですよね。

木村　だから、灯を消される手前までで、彼は自分の芸を会得したと、あるいは、しようと思ったわけです。ところが実際には、この闇が訪れなければ藤十郎の芸は完成しなかったと思うんです。

なぜかと言うと、灯を消すという行為は、先程言いましたように、お梶さんにとって決定的な行為です。これをやってしまったためにお梶さんは追い詰められて、自殺の大きな原因になりますよね。その自殺が次は藤十郎に及んで、自分がやってしまったことの恐ろしさにおののき、それを常に意識し続けて舞台に立たなければならなくなる。それが、彼のすごい演技をつくり出したわけでしょう。

そのことは、はっきり本文に書いてあります。〈お梶が、死んで以来、藤十郎の［…］芸は、愈々冴えて行った。［…］彼がおさんと暗闇で手を引き合う時、密夫の恐怖と不安と、罪の怖しさとが、身体一杯に溢れていた〉と。

〈暗闇〉というのは、舞台の上が多分暗いのでしょう。けれども、この〈罪の怖しさ〉とは、舞台上で演じている罪と、その手前でお梶さんに対してやってしまった、彼女を死なせてしまったという罪、この二つがない混ぜになって出てくる〈罪の怖しさ〉です。これがあってこそ芸は完成したことになるわけです。

最初仰ったように、確かにひどい男です。残酷なことをしたんですよ。けれども、だからと言ってこの物語全てが藤十郎の思い通りになったものかというと、そうではない。それが大事だと思うのです。

つまり、一つはお梶が灯を消して生まれた闇、そしてお梶の自殺。これらは両方共、藤十郎の誤算だと思うんです。

飴田　まさか死んでしまうとは思っていなかったでしょうね。

木村　ここまでやるつもりはなかったと思う。ここまで行くとは思わなかった。コントロールできない、ということを先程言いましたが、まさにその、できない部分があったからこそ、大変皮肉な形で彼の芸は完成されていった。藤十郎が明るい灯の下でお梶さんを観察して、これでできる、と思ったレベルの芸をはるかに超えた鬼気迫るものは、それでこそ生まれた、という話じゃないでしょうか。

飴田　この役を演じるたびに藤十郎は、いつもいつもお梶さんのことを思い出すんでしょうね。舞台の上で。

木村　相手方の後ろに、お梶さんがぼうっといはるわけですね。むしろお梶さんは死んでからこそ、ものすごく強烈なその力を藤十郎に及ぼしているわけですよ。

飴田　一生摑まれるということになりますよね。

木村　もうこの役をやっている限りは、お梶さんに取り憑かれている状態です。それによって彼の芸が支えられているとしたら、これは「お梶さん、なかなかやりましたな」という感じですよね。男女の仲というのは、一方的であり得ない。

飴田　そうですね。先程、本気と嘘の区別というお話がありましたけれども、ここは、演技か本心かわからない、嘘か真かわからないっていうのと、ちょっとかぶりますよね。藤十郎も、相手方と手を握り合う瞬間というのは、自分が演技をしているんだかわからなくなる瞬間かも知れませんから。

木村　舞台の上でそうなっているでしょうね。そこまで行った時にこそ、ものすごいものが見えてくる。

そう考えると、この話は、いわゆる芸術家が芸のために人を犠牲にしたというような、私達凡人から遠く離れた話ではなくて、どこにでもいる男女の物語として読んでもいいのかも知れません。

（二〇一四・三・二〇　放送）

＊おさん……舞台上で演じられたのは、近松門左衛門『大経師昔暦』。藤十郎が演じた茂右衛門の相手となった女性が、おさんである。

7 三島由紀夫『雨のなかの噴水』

◎初出：『新潮』一九六三・八
◎テキスト：『真夏の死―自選短編集―』一九七〇・七、新潮文庫

別れ話に憧れる少年

飴田　今日取り上げる本は、この時期にぴったりですよね。
木村　雨ざあざあ……。三島由紀夫はお読みになったことありますか。
飴田　学生の時に何冊か読みましたけれど、あまり覚えていません。『金閣寺』がやはり有名ですよね。何か苦労して読んだ覚えがあります。
木村　あれはしんどいですね。『人間失格』から太宰治に入るのと同じ位、『金閣寺』から入るのはしんどいかも。
飴田　順番を間違えましたね。あと何がありましたっけ。結構、短篇が多いですよね。
木村　ええ。短篇から行くのがいいと思います。特に今回のような作品。これは実は教科書に以前入っていたこともある、学校で扱える数少ない三島作品の一つという感じで、非常にとっつきやすいです。
少年と少女の真剣勝負。別れ話をめぐっての二人の攻防と言いますか、少年の方が〈別れよう〉と言うと、それに対して少女の方はものすごく涙を流し始めて、これが止まらない、でも、ある段階で思い

もかけないうっちゃりがかけられて形勢が逆転する、という話です。

　主人公の少年は明男君。別れ話に憧れるという変な少年です。女を捨てるという行為を、とにかく大変英雄的なものと考える。多分、この少年も少女も十六、七位かなと推測するんですけれど、その頃の男の子にとって女の子というのは、まあ言ってみれば、まずは抑えきれない欲望の対象じゃないですか。

　その女の子をわざわざ捨てるということを考える。〈俺はいつも欲望から自由だったんだ〉というフレーズがありますけど、〈欲望〉を自分自身でコントロールできる、みずからそれを捨てることができる、この少年は結局、それを実証したいのです。それが一種の男の美意識みたいになっている。だからそのために、わざわざ女の子とつき合って、わざわざ捨てるということをやってみせる。どうですか、これ。

飴田　いやあ、こういう話を書いた三島由紀夫というのは、一体どうだったんだろうと思わざるを得ませんね。

木村　三島作品の中で、実はこれは結構よくあるパターンなんですね。妙に不自然なことをあえてやってみせる。明らかに倒錯しています。でも、これがなかなかしびれるほど魅力だという愛読者もいるのではないでしょうか。
　ともあれ、この少年は〈別れよう！〉と一発、恰好よく言い放ちたかったのです。ところが、残念ながらひどく不明瞭な発語になってしまった。でも、この恰好いい台詞をもう一度繰り返したくはないと。

飴田　一発で決めたかったわけですね。
木村　そうです。でも、そうなってしまった。ただ、幸いにもその言葉は相手の少女――雅子というのですけれども――にはどうも聞こえたらしい。その証拠に彼女の目からものすごい勢いで涙が噴き出し、そして止まらない、と。そういう事態になりました。
　ここまでは、まだよかった。ところが、その後のことをこの少年はあまり考えていないのですね。店を出ますけれど、外は雨がひどく降っていて、しかも傘は一本しかない。しかたがないですよね。放り出すわけにはいかず、傘にしがみついてくる彼女を、ずっとついて来させるしかない。
飴田　彼女もついてくるんですものね。
木村　そう。もう傘にさえしがみついていたら、離れなくてすむという状態ですね。
「いつまで泣いているんだ」と明男は段々苛々してきて、意地悪なことを思いつく。「よしわかった。噴水を見せてやろう」と。噴水は循環しているから、絶対水は途切れない。それを見れば、所詮涙というのは人工的なものではないから、これはもう止まるだろう、雅子だって諦めて泣きやむだろう、と。一種の当てこすりですよね。いくら泣いても無駄だよ、と。
　で、噴水のところまで引っぱってきます。ところが、彼女の方は噴水に全然関心を示さない。むしろ明男の方がその噴水に強く引き込まれていくのです。高いところまで勢いよく吹き上げて落ちていく、その噴水の動きに猛々しさを、男の象徴みたいなものを感じたのかも知れません。自分と噴水とを重ね合わせて、強い憧れを抱く。
　ところが、彼はさらに視線を上に向けます。すると、噴水の上からは雨が果てしもなく豊かに、満遍なく降り注いでいるわけですよ。それを見ているうちに、〈雨の中の噴水は、何だかつまらない無駄事を繰り返している〉ものに段々見えてきてしまう。がっかりしてしまうのです。

しかもその雨に、さらに少女の涙がイメージとして重なってきます。どちらも少年の思い通りにならないのですね。

飴田　雨も、涙も。

木村　涙も。依然として泣き続けているわけですから。

雨が降っているために、彼女も彼から離れずにすんでいるのですよ。傘にしがみついていられるわけで。しかも彼女は、レインコートを着てブーツ履いて完全防備。それに引き換え、少年の方は普通の靴を履いて、足元びしゃびしゃ。何だかまるで雨が彼女の方を守っているみたいな感じになっていきます。

このように、涙と雨と噴水というのが次々重なって出てくるわけです。噴水は人工的なものですよね。それに惹かれる明男が一方にいる。もう一方には、自然に降り続ける雨があって、それに雅子の涙が重なってくる。人工対自然といった対比がちらっと垣間見えてくる感じがします。

飴田　これがこの後、後半で関係してくるわけですよね。

木村　ええ。今のところ、まだ形勢は明男の方が優勢なんですけれども、ちょっと危なっかしい気もしますね。

飴田　私としては女の子の方、雅子ちゃんの方を応援したい気持ちがあるので、逆転するといいなと思いながら読むわけですけれど。後半にすごい展開が待っています。

二人の会話を読み込む

飴田　明男君が噴水に惹かれ、だけれど、雨に目をやったら、何となく噴水がちょっとくだらないものに思えてきたと。

木村　がっかりしながら、次にどこへ行く当てもないんですよ。ただ歩き出した。すると当然、雅子も傘にしがみついたまま、ついてきます。

飴田　またついてくるのか。

木村　そう。ここで少女が〈どこへ行くの？〉と問う。そこからもう急転直下ですわ。文庫本にして一ページの間で決着がつくんですけれども。

飴田　はい、ラストですね。

木村　スリリングな会話が始まります。この段階で少女はもう泣いていません。この状況でどういう会話になるかを再現したいので、飴田さん、では。

飴田　雅子ちゃん。

木村　勝つ側ですかね。私は負ける側をやりますね。

飴田　木村さんが明男君側ということで。

木村　はい。会話のところだけちょっといきましょう。

飴田　〈どこへ行くの？〉

木村　〈どこへって、そんなことは俺の勝手さ。さっき、はっきり言ったろう？〉

飴田　〈何て？〉
木村　〈何て、だって？　さっき、はっきり言ったじゃないか、別れよう、って〉
飴田　〈へえ、そう言ったの？　きこえなかったわ〉
木村　〈だって……それじゃあ、何だって泣いたんだ。おかしいじゃないか〉
飴田　〈何となく涙が出ちゃったの。理由なんてないわ〉
　という……。最高ですね。で、後は二行で終わる。
木村　そうなんです。〈理由なんてないわ〉と言われてこの後、少年は何か言い返そうとするけれど、それがくしゃみになってしまって。もう敗北の予感ありあり、みたいな感じになるんですが。
　ここを読みますと、別れようと言ったのが聞こえなかったのに、なぜ泣いたんだ、というやりとりになっています。ここに話が集中していきますので、読んでいる私達も、当然そういう方向に話が行くのかと気を取られていくんですけど、果たして話の中心は、聞こえたか聞こえなかったか、というところにあるのか。この点を考え直そうと思います。
　まず、〈さっき、はっきり言ったろう？〉と少年が言います。これは要するに、〈別れよう〉と〈さっき、はっきり〉言えなかったことを後悔しているから、殊更にこう言って、自分の言葉に縋らなければいけなくなっているんですね。〈はっきり言った〉はずだ、と。
　ところが、これは墓穴を掘ることになります。つまり、〈はっきり言ったろう？〉と言われたから、次に彼女は〈何て？〉と聞けてしまう。〈何て？〉と聞かれたら、彼はもう二度と言いたくないあの〈別れよう〉という恰好いい言葉を、もう一回言わなければいけなくなるんですね。

飴田　一発で決めたかった言葉なのに。
木村　そう。しかたないから、〈さっき、はっきり言ったじゃないか、別れよう、って〉と言います。しかし、今度の〈別れよう〉は、一回目の〈別れよう〉と全然意味が違っています。地に落ちていますよね。且つ、「別れる」という言葉の内容以上に、言ったか言わなかったか、〈はっきり言ったじゃないか〉というところに重点がかかってしまうのです。
　だからこそ、次に少女は、〈きこえなかったわ〉と言えてしまうんですよ。つまり、別れるという深刻な内容には立ち入らないで、聞こえたか聞こえなかったかという、いわば耳レベルで答えることができてしまうんです。
飴田　ああ、はいはい。
木村　そこで、さらに少年は、〈それじゃあ、何だって泣いたんだ。おかしいじゃないか〉と。つまり、少年の中では、「はっきり言った。だから聞こえた。だから泣いた」というこの論法を絶対に崩したくない。なぜならこれは男の美意識に関わってくるからです。
　でも、そこに執着すればする程、肝心のその〈別れよう〉という言葉の意味それ自体が、どんどん二人の会話の中で空っぽになっていくんですね。空洞化していくではないですか、言葉の意味は。
飴田　はい。聞こえたか聞こえなかったかの問題にすり替わっていってしまっているんですよね。
木村　そうそう。
飴田　〈別れよう〉の、その意味、本質からは離れていくっていうことですよね。
木村　離れれば離れる程、少女には有利になるんです。

飴田　都合がいいんだ。

木村　あくまでも耳レベルだけという前提でやりとりしている限り、別れるという危機には踏み込めないですからね。

こうやって、少年の迂闊な問いかけや発言が、却って少女をどんどん優勢にしていく。この会話は本当にすごいですよ。で、最後に決めの台詞です。〈何となく涙が出ちゃったの。理由なんてないわ〉と。

飴田　理由はないんでしょうか。

彼女の涙は、〈別れよう〉と言われて悲しかったからですよね。

木村　そうです。悲しかったから泣いたのに決まっているんです。心の底から何かが溢れたから泣いたんですよ。だから、理由がないはずはない。ただしその理由は、少年が思っているように、耳レベルで〈別れよう〉という言葉が聞こえたから泣いたんだというのとは、全然話のレベルが違うんですね。

現実的に考えれば、仮に聞こえなかったとしても、その前後の雰囲気やそれまでの少年の関わり方から、恐らくここで何か決定的なことを言われたんだろうというのは、少女にはわかっていたと思います。だから尚更なのですが、〈別れよう〉という言葉が聞こえたか聞こえなかったかなんてことは、どうでもいいわけですよ。

雨と涙に理由はない

木村　ここまで考えて、ではあらためて、少女はどういうレベルで涙に〈理由なんてない〉と言ったのかということを考えてみたいのです。

先程まとめた図式がありましたね。雨と涙は、自然という点で近い。それに対置されるものとして人工的な噴水があるということでした。例えば、「雨はどうして降るのか」と理由を問われたとすれば、色々な答えようがあります。自然現象ですから。私はどうしようもない文系なので、詳しい説明はようしませんけど（笑）。自然現象としてのメカニズムは説明できます。あるいは、雨の降る必要性とか、そういう答え方もできます。

しかし、その自然現象についてどんどん問いかけを重ねていくと、どうして雨という現象が存在し得るのかという最後の問いに対しては、恐らく「それは神さんがやってはるんでしょう」みたいな答えしか、結局出てこない。あるいは、そもそもどうして雨というものが存在するのか、といった哲学的な議論になっていくと思います。そういう意味では、なぜ雨が降るかという問いに最終的には答えられない。「そもそもあるんだもの」という風にしか答えられない気がします。

涙の場合も、それと同じだと思うのです。なぜ涙が出たのか。それは〈別れよう〉という言葉が聞こえたからだ、というのを答えにするとしたら、それは単なる耳レベル、物理現象としての答えでしかないんですよね。

けれども、先程話していた通り、涙がなぜ出るのかという問いが相手にしているのは人間の心です。涙というのは、その根源からどうしようもなく溢れてくるもので、なぜそれがあるのと問うても答えられるようなものではない。とりわけこの話の中で、少女にとって涙というのは、ほとんど雨と同じように根源的で、その存在理由をわざわざ問うようなものではない。だから、〈理由なんてない〉のですよ。

飴田　大した女の子ですね。

木村　多分、これは本当に直感的なものですよ。

飴田　あ、そうか、直感的なのか。

木村　後で理屈をつけているのは私達であってね。このやりとりはもう瞬間のうちに行われていますから。真剣ですよ、少女は。自己防衛の本能とか色々なものがもう一気に動員されて、この言葉一発で対抗した。

飴田　そうですよね。聞こえたか聞こえなかったかのレベルだと彼女は安全だ、という話が先程ありましたけれど。

木村　そこからは出ない。はみ出ない。

飴田　だから、「何で別れたいの?」と聞けない。それは聞いては駄目なんですよね、彼女的には。

木村　そう、そこまで言ったらもうアウトです。別れるというところに立ち入ってしまう。だから、絶対それは言わない。これはね、皆さん、応用して下さい（笑）。別れをいかに回避するか。

飴田　そうですね。

木村　その言葉を使わない、受け入れない、話の中に持ち込まない。

飴田　ああ、側で話をすればいいのですね。

木村　そう。相手の土俵に乗らないということではないでしょうか。だから、その〈理由なんてないわ〉という言葉の前には、少年の耳レベルの追求「なぜ泣いたんだ」「聞こえただろう」というのは、所詮太刀打ちできない。

タイトル『雨のなかの噴水』に引っかけて言えば、人工的な噴水は自然の雨には所詮太刀打ちできない。これは既に少年が実感していたことです。それが多分、少年のしかけた作為的な別れ話は、少女の根源的な涙には太刀打ちできないということに、重なっていくと思うのです。

飴田　こういう謀略はやっぱり敗れるんですよ（笑）。

木村　そうですよ(笑)。これ、三島作品にしては珍しく、女性の方に軍配を上げた話だと思います。

飴田　そうなんですね。

木村　三島作品に出てくる女性は、どこか男側からの上から目線で、冷笑的に描かれているのが多いんですが。これは最後に逆転させられるところが、女性としては読んでいて気持ちがいいですね。

飴田　痛快ですよね、最後が。しかも、一言で返したというのが。

木村　そうですね。これは聞こえたか聞こえなかったかというレベルだけで読むには、もったいない話です。見えやすいところから少し重点をずらして読みの可能性を探りたいですね。

（二〇一四・七・三　放送）

8 森見登美彦『新釈　走れメロス　他四篇　―桜の森の満開の下―』

◎初出：『小説NON』二〇〇六・一一
◎テキスト：『新釈　走れメロス　他四篇』二〇〇九・八、角川文庫

安吾作品との違い

飴田　今回取り上げるのは、この時期に読んで頂きたい一篇。元々は坂口安吾の書いたものですね。*

木村　もちろん安吾の方が圧倒的に有名で、ここで取り上げるのはそのパロディです。この一作は『新釈　走れメロス　他四篇』という連作集に入っています。中島敦『山月記』、太宰治『走れメロス』、芥川龍之介『藪の中』、森鷗外『百物語』。最後はちょっとマイナーですが、他は有名な作品でしょう。いずれもそのパロディ。原作を知っている方も多いでしょう。比べながら読むと、大変面白いです。

森見登美彦氏は、京都の大学生を主人公とした小説を沢山書いてきた作家です。これもパロディなのに、主人公は全て京都の大学生、という共通点を持っています。

飴田　元の作品はどれも、特に京都にこだわっていないわけですよね。

木村　そうですね。それを全部京都に持ってきている。この作家は京都を舞台にすると、作品が書けるというところがどうもあるらしい。

飴田　ほう。

木村　この「桜の森の満開の下」でも、冴えない腐れ大学生が主人公で、四畳半の下宿に籠もってひたすら小説を書いています。それがひょんなことで、哲学の道の桜の下で不釣り合いな程美しい女性と出会って恋をして、人生が急変していく。何もかもうまく行きそうな感じだったけれども、最後は結局、同じ桜の下で女に別れを告げて、再びひとりになってしまう、そういう話です。

ちなみに安吾の書いた元の作品がどういう話か、ご紹介しておきましょう。

こちらの男性は武骨な山賊です。これがやはり桜の下で美しい女と出会う。ところがこの女は大変わがままで残忍でありまして、山賊の女房が七人いるんですけど、まずこれを全部殺せというわけです。

次に、色々な人間の首を取ってこいと山賊に命じます。山賊はもう女にべた惚れですから、言われるままに次々人を殺して、家の中は首だらけになるわけですよ。この女が首を使って、それはもう無邪気にあれこれとお遊びをする。これがこの作品の一つの山場ですね。で、これを読んでから森見の方を読むと、さらに別の面白さが加わります。

飴田　森見の方では、特に人が殺されたりはしませんよね。
木村　大丈夫です。
飴田　はい、誰も死にません。
木村　安吾の方に戻ると、最後は桜の木の下で女が鬼としての正体を現して、山賊がそれを殺してしまう。
飴田　あ、鬼だったんですね。
木村　ええ、私にはそう読めます。女の正体がわかり、最後は鬼の女も、それから山賊も消えてしまって、後には幻想的な桜だけが残る。ちょっと怖いですけれど、「昔々のお話よ」という感じで語られています。

飴田　実は女房が鶴だったという、『鶴の恩返し』の逆バージョンというか。

木村　そうですね。首遊びをやっていますから、こちらは怖い女なんです。これと比べれば、森見のパロディの男女は、ちょっと夢見心地なところもあるけれど、はるかに現実的です。ただ、どちらにも男の人生を左右してしまうような女性が出てくる。カルメンなんかもそうですが、運命の女、ファム・ファタールと呼ばれますよね。

でも、森見の方の女性は、そんな悪女ではないですよね。ましてや鬼でもないし。むしろその逆というか、優しくて、ひたすら男のために生きる女性です。これが元の話との最大の違いだと思いますので、どんな関係がこの二人の間に展開していくのか、そこに注目して見ていきます。

別れられない理由

木村　ひとりだった頃の男には、小説の師匠と崇めている先輩がいました。ところが、女は男と出会ってまず、この先輩から男を引き離します。そして、それまで男がよかれと思って書いていた小説とは全然違う方に向けていこうとします。

また、男は四畳半に自分の好きながらくたをいっぱい集めていました。でも、それを女は全部捨ててしまったりする。部屋を空っぽにします。二人きりの生活の中で、男は女の指導の下に女についての小説を書いていき、それでついに新人賞をとるところまで行く。

鮎田　やがて、題材もその女のことばかりになっていきますよね。
木村　最初は先輩がお手本でしたから、あるよりどころからまた別のよりどころへ男は移っていった、と言えますね。
作家としてデビューして、「四畳半から町中のマンションに引っ越しましょうよ」と。さらには、「京都なんかにいたらあなたの夢はかなわないから、東京に行きましょうよ」と言って、女の言われるままに男は引っ越していきます。
作家として大成功して、富も名声も得て、ということになるんだけれども、こう説明していくと、女が男をずるずる引きずって好き勝手しているみたいに聞こえるかも知れませんが、元の作品みたいに、この女は自分の欲望を決してむき出しにはしていない。何かにつけて彼女が言うのは、〈あなたのためよ〉。
鮎田　〈あなたには才能があるのだから〉という台詞も出てきましたね。
木村　その才能を私は一生懸命開拓しているんだ、と。〈私の夢はあなたの夢〉〈あなたの夢は私の夢〉とね。そう言われ続ければ、男の方も否定はできません。時々京都のことが恋しくなって行方不明になって、ふらっと帰ってきたりしても、別に怒りもしないし、優しく迎え入れて、励ましてくれる。何も問題はないじゃないか。大好きな彼女がそばにいて、生活は順調だし、作家として成功するし。でも、これが駄目になっていくんですよ。
鮎田　彼女に出会わなければ、彼は相変わらずの売れない作家の卵のままだったでしょうね。そういう意味では、やはり彼女は〝内助の功〟だったと思うんです。

木村　この女なしには、この男はこういう状態にはならなかっただろうと。
飴田　でも、やはり気になるのは、書きたいものを書かなくなったことですね。売れるものを書くようになったということでしょう。
木村　そうそう。傍目から見たら作家としてどんどん大成功していくけれど、どこかで何かが間違ってるなと思い始める。最初は喜んで女のことを書いていたけれど、女のことしか書けなくなっていく。常にネタは女から与えられる。
飴田　ええ。その辺りからちょっと怪しくなってくるんですけれど。なぜこの二人はうまく行かなくなってしまったのでしょう。彼女を愛する気持ちと、自分がこれまで書いてきた小説を愛する気持ちというのが、やはりこの同じ世界で共存できなかったというか、両立させられなかったんでしょうか。
木村　そうですね。そのまとめ方が一番よくわかります。
「前みたいに自由に楽しく書けないんだよ」と男が言えば、「いや、あれじゃ売り物にならないから」と、至極尤もなことを女は言います。女のことしか書けなくなっているという悩みを男が言えば、「私を食い物にすればいいのよ」と女は言います。けれども、男は昔から育ててきた固有のものがなくなっていったという思いがある。と同時に、やはり女には自分の方だけ見ていてほしい、と。
話の中に、人脈づくりのために女性がパーティーをする、それをすごく男は嫌う、という場面が出てくる。これも勝手と言えば勝手です。自分のためだけに、とにかく優しくしてくれればいい、と。そばにいてほしいという思いと、書きたいものを書きたいというのと。ここですよね、この二つ。
かたや女性の方が満足しているかと言うと、いくら贅沢な暮らしができるようになって上昇していっても、常に〈何か足りない〉と呟いています。何が足りないのでしょうね。

そこの描写ですけれども、〈螺旋を描きながら天空を目指すように〉女の思いというのはきりがない、という具合に書いてあります。元の安吾の原典では女の欲望に関して、これと対照的な描き方です。〈空を直線に飛び続けている鳥のよう〉だと言っている。直線と螺旋状。森見がわざわざこういう違いをつくり出しているんですね。原典の女はそもそも鬼ですから、もうエゴイスティックに欲望にひたすらまっしぐらですわ。自分しかない。ある意味で非常にわかりやすいです。それに対して、森見の作品では螺旋状。つまり、原作のように一方的ではない関係です。こういう対比で考えた時、私達は森見作品に出てくる男女の方を、なぜリアルだと感じるのか。

鮎田　よくある例と言ってしまえば、それまでなんですけれども。男の方が小説家ということで、ちょっと特殊な仕事ではありますけれども。これはよくある話ですよね。

木村　そうそう。さっき仰っていた、〝内助の功〟というのはあるし。女の側からすればそうだけれど、では、男の側はどうなのかと言うと、男は男で自分がどんどんなくなっていきそうな感じがするけど、でも女から離れられない、という。これもありそうですよね。

鮎田　ありそうです。

木村　女は〈あなたのため〉にしか生きられない。男は、自分のことだけ考えていてほしい女から離れられない状態にいる。その状態を二人がよしとしていれば、まあそれでいいんですよね。だけど、段々不満になっていくわけでしょう。その原因は何なのか。

鮎田　結局、二人とも自立できていないんですよね。

木村　厳しい(笑)。でも、その通りだと思います。お互いに相手に寄りかかって初めて自分が成り立つ依存関係。片方が一方的に依存しているのではないから、これは共依存です。自分で自分の価値を支えられない。人に評価されて初めて自信が持てる。どちらもそうなっている、という……。誰だってそういうところはありますけれども。

飴田　少なからずありますよね。

木村　けれども、二人きりの夫婦、恋人同士といった閉じられた関係だと、それは非常に極端な形で出てくる可能性がある。このお二人の場合、まさにその形になってしまっているのかなと思います。

桜の下の空虚

木村　ついに破局がやってきます。男が女に無断で京都に桜を見に帰ってしまう。昔住んでいた下宿で一晩過ごし、朝になって目が覚めると、ちゃんと女が来ています。

飴田　東京から追いかけてきたという……。

木村　もうね、見当ついているわけですよ。

飴田　お見通し。

木村　そこで女は、「また縒りを戻せるでしょう」と言うけれど、もう男はその生活に戻る気はないということで、お別れになってしまう。

最後の場面は、桜の下です。元の話のラストの場面は、桜の下で山賊も鬼の女も消えてしまいますけれど、森見の方では実際にそうはならない。でも、自分達が消えてしまって、ただ桜だけが散り続けるのではないかという光景が、男の頭の中をよぎります。そこは、〈世界の果てのような荒涼たるところ〉だとか、あるいは〈それが自分の到達点であり、自分が昔から恐がってきた場所なのだ〉とか、男は思うわけです。以前、女が男の持ち物を全部捨ててしまって、部屋を空っぽにしたという場面がありました。あそこがここを先取りしていたことが、わかります。

どちらの作品にも、冒頭にこういうフレーズが出てきました。〈桜の木の下から人（間）を取り去ると、それは恐ろしい景色になります〉。主人公達はどちらも桜の下に何か気持ちの悪い、恐ろしいものを感じていたけれど、それが何かよくわからん、謎だ、とずっと思っていた。

安吾の方は、もうわからないまま、桜の恐ろしさの謎は謎のまま終わらせているけれども、森見の方は、その空っぽの状態そのものがなぜ恐ろしいのかということに対して、一定の答えを与えていると思います。空虚さの実体、空っぽであるとはどういうことなのかを、身を以て知らされたからですね。女と暮らしてきた、その関係の中で、いつの間にか自分が空っぽになってしまっている。具体的に言えば、意志を持って書きたいものがあり、それを書いている、という実感が持てなくなる。それでいて、今の生活をどうしたらいいかわからない。かたや女の方も、自分がない状態で男に寄り添っている。先程の依存です。つまり、二人の関係という大変濃密なものがありながら、そこには何もない。その空っぽな状態が怖い。

桜の木の下の空っぽさと、人間関係がつくり出してしまう空っぽさが、ここで響き合うわけです。関係が人間同士を消し去ってしまう空虚さと、上を見上げた時にある桜の濃密さとがコントラストになって、桜がその表象としてうまく使われています。

飴田　桜の木を題材に使いながら、そこまで語ってしまうというのは、やはり作家だなあと思いますよね。

木村　でもちょっと深読みし過ぎたかも。そんなにこの話を深刻に読まなくてもいいかも知れません。他の四篇とも併せてこの連作集をまとめて読めば、中にはものすごいドタバタ喜劇もありますし、全体としては、京都の学生が「ハチャメチャに一生懸命生きているなあ、お前」みたいな感じの作品集ですから、気軽に読めばいいと思います。これ一つ読んでみても、わかりやすいでしょう?

飴田　そうですね。

木村　けれども、人間ってこんなもんだよな、ということを作者森見はよくわかっている。若い作家ですけれども。力を入れずに、それを飄々と描いている。こちらもそれを飄々と読んでも構わないし、あるいは、今みたいに元の作品と比べて、「あ、こんなとこ、こんな風に利用しているわ。うまいこと使っているな」といった発見があったり、色んなレベルで楽しめる一冊だと思います。

＊坂口安吾の書いたもの……『桜の森の満開の下』(『肉体』一九四七・六)

(二〇一四・四・一〇　放送)

Ⅲ　時代を跨いで見る

9 夏目漱石『夢十夜 ―第六夜―』

◎初出：『東京朝日新聞』『大阪朝日新聞』一九〇八・七・三一
◎テキスト：『夢十夜 他二篇』一九八六・三、岩波文庫

『夢十夜』の位置

木村　今回これを扱うのには、理由があります。今年は夏目漱石没後百年。来年が生誕一五〇年。漱石イヤーですね。

飴田　ということは、各地で夏目漱石を振り返るようなイベントなんかもあるんでしょうか。

木村　ええ。神奈川の近代文学館でも既にありました。行ってきましたよ。

飴田　いかがでしたか。

木村　盛況でした。やっぱり漱石って、今も大変人気がありますね。

飴田　夏目漱石は沢山長篇のある作家なんですけれど、今回は『夢十夜』という短篇を読み進めていきたいと思います。久々に読み返しました。こんな奇妙な話だったかなと思いながら。

木村　変ですよね。長篇はストーリー性があるから、難しいなりにも理解できます。かたや、例えば教科書に載っているような『文鳥』とかエッセー風な短篇も、これはこれでまたわかりやすいものが多い。しかし、『夢十夜』はわからない。

飴田　そうですね。辻褄が合っていない。夢だからしようがありませんね。
木村　幻想的で謎が多いだけに惹かれるというか。一篇が文庫本三ページぐらいでしょう。それが十篇並んでいます。
飴田　十通りの夢ということですね。内田百閒を彷彿とさせるような感じですよね。
木村　漱石の弟子筋ですからね。文体も似ているでしょう？
『夢十夜』が発表された背景を少しお話しします。有名な話ですが、一九〇七年、明治四〇年に漱石は東大の先生を辞めて朝日新聞に入社します。その時にかなり特殊な契約を結ぶわけです。「作品は全て朝日新聞に発表して下さい。出勤は一切必要ありません。一定の安定した報酬も保証します」。こういう契約だったんですね。なぜこういう形で、漱石が朝日新聞に作品を発表することになったのか。

当時の新聞は連載小説が目玉でした。今みたいに色々娯楽がないので、読者を引きつけるために、まず面白い小説を書いてくれる作家を欲しかった。それが新聞の売り上げに関わってきます。漱石も漱石で安定した収入を得て創作に専念できるということで、利害が一致したわけですね。これはその後、芥川なども踏襲していくことになります。
というわけで、朝日に入社してまず書いたのが『虞美人草』。
飴田　ああ、あれ、新聞小説だったんですね。
木村　そうですよ。いきなり飛ばしましたね、漱石。これ大ヒットだったんですよね。

飴田　だと思う。

木村　ヒロインも、なかなか個性強いですし。

飴田　魅力的ですよね。

木村　その後、それとは全く毛色の違う『坑夫』というやや地味な、でも重要な作品を書きます。その次に出された長篇が『三四郎』。これまた有名な、帝大生の話ですね。地方から出てきた三四郎が大学生活を送る。当時の大学は九月始まりだったので、それに合わせて連載も九月からでした。つまり、読者の中で流れている時間と作品の中の時間が一致するように小説を書いていく。

飴田　漱石、やりますね。

木村　なかなか粋でしょう？　で、この『三四郎』の手前に発表されたのが『夢十夜』。つまり、長篇連載の合間に筆休めみたいな感じで書かれたのですね。明治四一年の七月末から八月頭にかけて、一日一つずつ。

飴田　十日間載ったんだ。

木村　ええ。この作品が十日間、新聞に載ったってすごいと思いません？

飴田　そうですね。新聞小説っぽくはないですよね。

木村　ええ。当時の読者がどんな風に読んだのだろうかと思います。漱石は漢文学の知識も英文学の知識もあるし、大変な博学です。今の私達が到底追いつけないような教養を持っているわけです。なので、十の話がありますけど、それぞれ色々なところに出典があることも指摘されています。

この『夢十夜』のような作品集は、一篇一篇が独立しても成り立ちますし、登場人物も替わり、状況も違います。ただ、どうも全て夢らしいということは共通している。

答えが着地しない

木村　夢の中で、これは夢だなと気がつくことはないですか。
飴田　あります。これ夢だとわかっている時ってありますよね。
木村　そういう時、どういう風にふるまわれますか。
飴田　これは夢だってわかっているのに、思う通りに行かない感じですね。
木村　ああ、なるほどね。
飴田　どうですか、木村さんは。
木村　私はね、夢の中だとわかると、もう何をしてもいいんだなと思って、大体高い所に上ります。夢の中でしかできないことをやってやろうと思って、窓からぽーんと飛んだりしてね。結構よく飛びます。
　ところが、『夢十夜』の登場人物達は夢の中で、これは夢だと一つも気がついていないのです。その夢の中の不合理な状況に、何とか対応しようとして一生懸命あがきますね。難題を課せられたり、よくわからないものを見せられたり、変な状況に追い込まれたり。例えば、大昔に捕らわれの身になったり、きれいな女の人について行ったら〈豚に舐められますが好う御座んすか〉と聞かれたり。あの台詞は強烈ですよね。
飴田　いやあ、強烈です。「第十夜」ですよね。豚が出てくるのも、何だかグロテスクですね。

木村　どんどん豚が崖から落ちていく、あれも聖書が元ネタです。

飴田　あ、そうなんですか。

木村　聖書にそういう場面があります。そこまで妙な状況に置かれても、主人公達はそれを夢の中だと自覚しないまま、何とかそれなりに答えを出そうとします。あるいは、答えを見つけた気になるとか、わからないところに放置されるとか。そういうパターンで、大体この十の話は共通していると思うんですね。

例えば「第一夜」。女の人が〈もう死にます〉〈百年待っていて下さい〉〈きっと逢いに来ますから〉と言って死んでいきます。男は言われた通りに女を埋葬して、さあ、これから百年待とう、と。日が上って落ちて、上って落ちて、となりますよね。

最終的に百合の花がしゅっと伸びてきて、お星さまが瞬いて。男は〈百年はもう来ていたんだな〉と。これ、要するにハッピーエンドなのかどうかと。

飴田　十の話の中では一番きれいな話だなと思ったんですよね。

木村　そうなんですよ。こういう夢らしい、美しい話が十個並ぶんだったらいいんですけれど。

ともあれ、この男の人は女の人に試されて、それをクリアしたのかな。出会いが成就した話に見えるけれども、よくよく読むと、例えばお日さまが上ったり落ちたり、数えているうちに段々「勘定しつくせないほど」とか言い出すんですよね。あるいは、いつまで経っても百年が来ないから、「女に欺されたんじゃないか」と疑い出したりします。お伽噺などでこのように疑えば、普通どうなりますか。

飴田　駄目ですね。いい結末は来ないでしょう。

木村　そうですね。最後に百合の花も伸びてくるけれども、本当にこれが女の人だという保証はあるんでしょうか。

飴田　ああ、そうですね。花が生まれ変わりのような感じで書いてありますよね。

木村　そう。誰もがその文脈で読みたくなります。そう読めば美しい話だけれども、「あなた約束ちゃんと守れなかったでしょう」と言わんばかりの百合という風にも読めないことはない。

要するに、何らかの問いかけがなされる。この場合、女の人が〈百年待っていて下さい〉と試練を課しますね。それに対して、何らかの答えを主人公は出すわけです。ところが、彼らの答え方は、何かずれていたり、誤っていたり、違う方向へ行ってしまっているようにも読めるわけです。結局、裏切られたりして、うまくいかない。それを読んでいる私達も何かもどかしい。これがこのお話を読んでいる時の落ち着かなさで、ちゃんと着地した感じがしないでしょう?

飴田　しないんですよ。あー、それでか。

木村　問いに対して答えがあるというのは、これはもう短篇の骨格なんですよね。けれども、そこがうまく嚙み合っていない感じ。

飴田　すっきりしないですよね。

木村　そうです。その辺りに目をつけると、この『夢十夜』って、ちょっと見えてくるんじゃないかなと思います。

「ほぼ解った」と言うけれど…

飴田　では、その中から「第六夜」をピックアップしてお話を進めていきましょう。

木村　鎌倉時代の彫刻師・運慶が出てきます。彼が寺の山門で仁王を彫っているという噂を聞いて主人公も見物に行きます。すると、もう既に野次馬達がわいわい集まっている。運慶がいるわけだから明らかに鎌倉時代なのに、集まっている人達は自分も含めて明らかに明治の人間であると。時間的に齟齬がありますよね。

　ここから、先程話していた問いかけが始まります。〈どうして今時分まで運慶が生きているのかな〉と。これがこの話の問いの始まりですね。そして、この三ページばかりのお話の一番最後にはこうあります。〈運慶が今日まで生きている理由もほぼ解った〉。

飴田　私はわかりませんでした。

木村　主人公は勝手に〈解った〉気になっていると。自分なりに答えが出て納得したらしいけど、読み手にはわからんと。さらに、この問いと答えの間にとても大事なエピソードが入ります。

　目の前で運慶があまりにも豪快に、無造作に木に鑿を打ち込んでいっている。それを見て主人公が驚きますね。すると、他の見物人が〈あの通りの眉や鼻が木の中に埋っているのを、鑿と槌の力で掘り出すまでだ。まるで土の中から石を掘り出すようなものだから決して間違うはずはない〉と言うんですよ。このくだりの〈掘り出す〉の「掘る」という字は、発掘の「掘」です。この作品では、発掘の「掘る」と彫刻の「彫る」という文字が使い分けられています。

この見物人に言わせると、誰でも掘り出せることになりますよね。あ、そうなのかと。じゃあ、やってみようと。いや、一瞬でも思うじゃないですか、そんなこと言われたら。思いません？

飴田　そうですね。

木村　やってみようと思って、家に帰ってそこらの木を使ってがんがん掘ってみて、できない。当たり前ですわね。それで、これはラストから二つ目の文ですけれど、〈明治の木には到底仁王は埋っていないものだと悟った〉。で、最後の一文〈運慶が今日まで生きている理由もほぼ解った〉と、こうなるんですね。

「明治の木に仁王が埋っていない」と悟ったら、なぜ「運慶が今日まで生きている理由が解る」のか。この〈明治の木〉という言葉が引っかかるところですよね。

飴田　そうなんですよ。

木村　これは、明治という時代をめぐる漱石の文明批評としてよく読まれてきました。実際、このお話の冒頭にお寺の立派な松の木というのが出てきます。とても美しくて見事で、ずっと昔からそこにあり続けてきた、伝統の重みのようなものです。これとの対比で考えると、今主人公が掘ろうと思って実際に試した〈明治の木〉は、「嵐で倒れたものを薪にするために、手頃な大きさに切ってあったもの」だと言うんですね。つまり、簡単に嵐で倒れてしまう、それを薪にする。使い捨てるために切ってあった、やわで根をきちんと張っていない、そんなイメージの木です。

ここで、漱石が見た明治のありかたと〈明治の木〉とが、重なってくるわけですね。ご存じのように、明治に入ってから日本は西洋文化を大変な勢いで取り入れました。使えるものはどんどんアレンジして利用するのですね。それで、どうも根がしっかりしていない。そういうことを漱石が言おうとしているのかなと思います。漱石は留学しているでしょう？

飴田　ええ。

木村　鷗外とか、後に永井荷風とかもそうですけれども、本物の西洋を見てきた人達は、日本の西洋文化がすごく薄っぺらいものに見えた。本物を知れば、根本の理念や成り立ちまでわかって日本がそれを取り入れているんじゃないということが、透けて見えてしまうからです。〈明治の木〉という言葉を使ったのは漱石ですから、そういう意味をこめている、とさしあたり読めます。

けれども、主人公は夢の中で、そんなことは全然自覚していませんね。ですから、今、その比喩を離れて主人公の言葉として読むと、この〈明治の木には到底仁王は埋っていない〉ということは……。

飴田　「明治より前の木には埋っている」ということですか。

木村　そう。鎌倉の木には埋っているんかいな、と。そこのところ、この主人公はわからないまま最後に辿り着いてしまっているのではないかと。つまり、「木というものには一般に仁王は埋っていない」とは言っていないんですよね。〈明治の木には〉という限定がかかっていますから、鎌倉の木だったら埋っているかも知れないと、まだどこか錯覚したままですよ。主人公には、やはり完全に理解できていない部分がある。

すると、最後の〈それで運慶が今日まで生きている理由もほぼ解った〉とは、どういう意味になっていくのか。要するに、〈明治の木〉には埋っていないから、仁王を彫るためにはやはり、鎌倉の人間である運慶が必要なんじゃないの？　といったところに、主人公は自分の理解を収めようとしているのではないでしょうか。

主体を必要とする時代へ

木村　でも、先程の文明批評という比喩を離れて、あらためて木そのものについて考えてみますね。すると、木というのは別に明治でも鎌倉でも変わらないじゃないですか。
飴田　そうですね。本当、漱石に騙されそうになる。そうですよ、変わらないですよ。
木村　だから、運慶だったら明治の木でだって彫れるんですよ。
飴田　そうですね。
木村　誰もが同じものを掘り出せる木なんていうものは、そもそもないわけで、では、仁王を掘り出すためには何が必要なのかというと、
飴田　木じゃなくて、それを彫る技術ですよね。
木村　そう。人間の側が技を持っていて、その創作に対する意志があって初めて彫ることができる。
　実はこの主人公も、それをわかっていないわけではなかったのです。見物人がぶっ飛んだことを言ったので、「え、本当?」と思い直して試してみたわけで、そんなことができるとは元々多分思っていなかったと思う。けれども、言われただけで簡単に「じゃあ、やってみよう」となるでしょう。自分にも作れるんだったら、それはやってみたいじゃないですか。
飴田　うんうん。
木村　それで、簡単にそういう風に揺らいでしまう。でも、個人の意志とか主体の意志の存在が簡単に

揺らいでしまうそのありかたこそ、先程の文明批判のところで言った、日本の西洋近代の取り入れ方そのものなんですね。文明の輸入というのは、目に見えるものだけではありません。近代に入ってヨーロッパから個人とか主体とか、そういう発想も輸入されてきたけれども、性根に入っていないわけです。ものの考え方を含めて、取り入れ方が危うい。だから、そういうところですぐまた戻ってしまう。これが主人公のありかたです。

これに対して、運慶はどうか。見物人が運慶の姿を見ながら言います。〈眼中に我々なしだ。天下の英雄はただ仁王と我れとあるのみという態度だ。天晴れだ〉。ここには、彫るという行為に徹して周りのことを全く意に介さない、創作に没頭している運慶がいます。

運慶は鎌倉時代の人です。主体とか個人とかいった言葉が現れる以前の、近代よりずっと昔の人間ですね。けれども、黙って彼はそれを体現している。しっかり自分を持って生きていく人間は、当然ながら近代以前からいたわけです。それは具体的にどういう人達かと言えば、ここでは芸術家と呼ばれる人達だった。

身分制度で固められた封建時代、大部分の人々は、各々の共同体の画一化した価値観の中で生きていた。けれども、そういうところからはみ出たところで生きざるを得ない、あるいは生きることを許されていた人達、それがそういう人達だったのでしょう。

翻って近代――今もそうだと思いますが――、建前ですけれども、とりあえず身分制度が取り払われました。立身出世の時代になり、自由が保障されて自己責任の時代ですよね。すると、芸術家だけではなくて、全ての人間が運慶的な存在になって、自分が何を彫るのかということについてきっちり方向を見定めないといけませんよ、ということになって来たのでしょう。

だから、最後の〈運慶が今日まで生きている理由〉というのは、自分の価値観、生き方、主体というものを持ちなさいよ、木には何も埋っていないんだよ、自分で彫りなさい、という風に読めるのではないか。黙って行動で手本を示している運慶が目の前にいるでしょう？　と。明治にどうして運慶的な存在が生きているのか、その理由をあらためて考えてみなさい、という風に読んでみてはどうでしょうか。

飴田　はあ、漱石もそれを皆に訴えるために、えらい遠回りをしましたね。でも、日頃から漱石は、そういうことを言葉でも仰っていたんですよね。

木村　有名なのが〈自己本位〉という言葉ですね。

『夢十夜』が発表されてちょっと後の大正三年、『私の個人主義』という有名な講演があります。学習院で学生向けに行われた講演ですが、留学時代に漱石は非常に苦労していますよね、その中で、自力で何とか自分の学問を打ち立てようとした、その時の経験を生かして、「あなた達も自分で、こつんと何かが当たったと、これが自分の生きる道だというものを見つけるまで頑張って掘っていきなさい」というようなことを言います。

〈自己本位〉という言葉だけ聞くとエゴイズムなどと混同しそうになりますが、それは違うのだということも、ちゃんと漱石は伝えます。「特に、あなたたちは学習院の生徒だから、将来的に権力とかお金とかいうものに近づく恐れがある。十分そこは注意しなさい。好き勝手とは違うんだよ」と忠告するんですよ。

飴田　ああ、素晴らしい。

木村　「第六夜」の黙々と仁王を彫る運慶の姿が、〈自己本位〉の形につながってくる、ということが見えてくると思います。

（二〇一六・六・二三　放送）

10 安部公房『手』

◎初出：『群像』一九五一・七
◎テキスト：『水中都市・デンドロカカリヤ』一九七三・七、新潮文庫

戦後文学と不条理

飴田　今年は戦後七〇年・節目の年ということで、今日は戦争に絡んだ話です。そういった文学が生まれた時代背景などについてもお話を進めていきたいと思います。安部公房の『手』という短篇は、一九五一年に発表されたと。昭和に直しますと、二六年。戦争からわずか六年しか経っていないですね。

木村　ええ。戦争が終わってすぐ、あるいはそれからしばらくは戦後文学と括られることが多いです。一般に海外に比べると今の日本文学では、社会的な問題とか政治的な課題を直接的に掘り下げるようなものは、あまり多くない。けれども、この時期はやはり特別です。戦争体験を無視してものを書くということは、まず考えられなかった。

なぜあんなことになってしまったんだろう、なぜ止められなかったんだろう、あるいは文学にどういう姿勢が足りなかったんだろうか。こういうことを考えずにおれなかったと思います。さらに、今の日本はこれでいいのかという問題意識も出てきました。

というのも、戦争を推進していった支配層がもちろんいたわけですけれども、それだけではなくて最

終的にはもう挙国一致で全国民が加担せざるを得なかったわけです。なのに、戦争が終わった途端、〝民主主義〟だとか〝平和〟だとか言って、わりと簡単に喜んでいた。そんなのでいいの？　あの戦争をちゃんと見直しているの？　当事者としての反省も含めて、過去と現在をきちんと描こうという姿勢が戦後文学にはありました。この作品もそうした中で生まれたものです。
　例えば今、福井メトロ劇場で大岡昇平原作の『野火』という映画が、

飴田　上映中ですね。

木村　この原作もまさに昭和二六年、同じ年に発表されています。フィリピンでの戦争体験が描かれている。

飴田　もう悲惨な、

木村　ひどい、

飴田　実態ですよね。

木村　それを内面まで掘り下げた小説です。今日お話しする作品はそれと作風は違いますが、同じ戦後文学としての大きな特徴を持ったものです。作者は安部公房。この作家にどういう印象をお持ちですか。

飴田　不思議なお話を書く人。『砂の女』がやはり頭に浮かびますよね。

木村　一番有名ですよね。高校の教科書でも『棒』とか『赤

い繭』とか。人間が何かに変身してしまうとか、わけのわからないところに行ってしまうみたいな話。カフカの影響を受けています。〝変身〟ですからね。一見、描かれている世界はシュールで非現実的ですけれども、彼自身、紛れもなくやはり戦争体験をしています。満州からの引き揚げ者でもありますし。だから、現実というものがいかに不条理なところに人間を連れて行ってしまうか、現実って実はすごく非現実なんじゃないの、という……。

飴田　現実の方がむしろ非現実なんだということですね。

木村　ええ、そうです。そのことを浮かび上がらせるために、ああいう手法を取っていると考えられますね。戦後がそういうことを感じさせる時代だったとも言えます。

さて、作品をざっくりご紹介しようと思います。まず語り手の主人公、〈おれ〉と言っているのですけれど、人間じゃないんですよね。

飴田　そうなんですよ。やはり安部公房だなと。

木村　いきなりシュールに来ました。〈おれ〉と言いつつ、こいつは鳩なのですね。戦時中、軍隊で非常に優秀で手柄を立てた美しい伝書鳩、こいつが語っているわけですが、戦争が終わってしばらく放置されている。やがて、かつて世話をしていた軍の鳩班の男が取りに来ます。

しばらく見世物小屋の手品でこの鳩は使われて――闇市のイメージが浮かびますけれども――生活の糧にされていた。いよいよ生活が苦しくなってきて、男がお金と引き換えにこの鳩を売ってしまう。鳩は殺されて剝製にされます。何のためにかというと……鳩って〝平和〟の象徴ですよね、だから〈「平和の鳩」の像〉のモデルとして使われてしまう。そして出来上がる銅像。この〈おれ〉はすごいですね。

銅像になってもまだ喋っています。

飴田　そうそうそう。「おれは、おれは」。

木村　「おれは、おれは」と、銅像で喋っているんですよね。この銅像をゆえあって男が盗みに来ます。盗まれた銅像は秘密のうちに溶かされて、他の金属と混ぜられて最後は弾丸になります。この弾丸が元の飼い主である男の体を貫く。〈そして、おれは最後の変形を完了した〉。すごい終わり方ですよね。これがあらすじです。

飴田　うーん、安部公房ですね。

木村　もう変形しまくり、変身しまくりです。まず軍隊の伝書鳩だったのが「平和の像」になり、そして最後は弾丸。この一連の変容は、戦後の〝平和〟をめぐる慌ただしい変化とぴったり連動しています。

〝平和〟と再軍備というねじれ

木村　ここで当時の時代背景をおさらいしますけれども、まず終戦二年後の一九四七年、戦争放棄も含まれた新しい憲法が施行されます。ところがそれからわずか三年後、朝鮮戦争が始まります。この時には〝国連軍〟に要請されて、日本の海上保安庁が掃海作業というのをやっているんですね。

飴田　ほう。

木村　掃海作業って、

飴田　海を掃除するという。

木村　船を感知すると爆発する機雷が海に残っていて、これを処理する作業をする。だから広い意味で、日本は戦争がすんで既に五年後、もう戦争に関わっているわけです。

飴田　他国の戦争に関わっているということですね。

木村　ええ、そう。実際にはアメリカが主導していたから、そうなるわけです。他にも、ＧＨＱが沖縄に米軍基地をこれから建設するぞ、と声明を出したり。あるいは元軍人とか特高の役割を果たしていた人達の公職追放がどんどん解除されていく。警察予備隊をつくるように指示もされます。これは二年ごとに名前を変えて、保安隊、そして今の自衛隊という風に大きくなっていきます。

そういう流れの果てに、この作品が発表された一九五一年、対日平和条約、そして最初の日米安保条約調印ということになります。これはどういう意味を持つかというと、一応、日本国としての主権は回復しました、戦後処理は終わりました、けれども、アメリカに従属する形でそれは可能ですよ、という条約ですね。

こうやって見てきますと、〝平和〟の名目、あるいは国民の安全を確保するといった名目の下に、いつの間にかまた再軍備がなされていっているという、ねじれが起きていることがわかる。この話の鳩が「平和の像」になって、最後に弾丸にまで変わるというのは、当時の日本のねじれた状況をそのまま映し出している。寓話と言っていいと思います。

飴田　一九六〇年代の安保闘争というのは、大変大きいうねりとして、皆さんよくご存じだと思うんですけれど。そこに行くまでに、実は密やかに、でもないのでしょうけれども、まあ、密やかに、色々なことがやはりあったということですね。

木村　ええ。

飴田　だから、戦争が終わりました、新しい憲法もできました、チャンチャン、ではなかったということですね。

木村　そうです。よく言われる六〇年安保とか七〇年安保の〝安保条約〟というのは、今言った安保条約の後のものです。事実上、ここで前提はもうつくられていた。

飴田　もう始まっていたということですね。

木村　そういうことです。この辺りはあまり学校では習わないですよね。

飴田　そうなんですよ。終戦を迎えました、で、何となく昭和の歴史は終わり。

木村　教科書は続くんですけれど、授業はもう時間切れなんですよね。ですから、この辺りはあまり知られていないでしょう。

象徴の危うさ

飴田　では、さらに読みを深めていきます。この話のポイントは鳩の変化で、その変化と時代の変化とがクロスしているわけですよね。

木村　そうです。連動していますね。もう少しそこを詳しく見ていきます。まず鳩から「平和の像」に変わるのを第一段階、それから「平和の像」が溶かされて弾丸になるのを第二段階とします。この二つの変化、どちらの方がより本質的な変化だと思います？

飴田　まず一つ目の変化では、軍の伝書鳩が「平和の像」に変わっているわけですよね。鳩という形は同じだけれども、意味がちょっと飛躍し過ぎじゃないかという気がします。

木村　そうですね。
飴田　二つ目の変化、「平和の像」から弾丸というのは、元々金属でできた像ですから弾丸にしやすいというか、なり得ますよね。
木村　ええ。形は全然違うけれど、材質は一緒。
飴田　そうそう、それ。
木村　ですよね。前半の方は、形は、
飴田　同じだけれど、
木村　本質が、
飴田　違う。
木村　その通りですね。だから、どちらの方がより本質的な変化かというと、やはり生命としての鳩、しかも軍部のものだった鳩、それが「平和の像」になる。ここのところが大きいですね。
だって、その時にこの鳩は殺されているのですよ。剝製は屑として燃やされてしまう。生命を奪われ、でも語り続ける銅像としての〈おれ〉はもはや「単純な存在ではいられない」と自らも語っています。
飴田　はい。
木村　〈おれは街の四つ辻に立たされた〉と。銅像なので、広場に立っているのです。それは〈政治の力学の四つ辻〉でもある、と何だか難しいことを言うんですよ、賢い鳩ですからね。では、それは何なのかということなんですが。
銅像って、シンボルじゃないですか。象徴ですよね。象徴というものは、ある種の危うさを持っています。つまり、それ自体には意味はない。意味づけをするのは周囲なんですね。人により立場により、意味づけのしかたがある。この場合、「〝平和〟のシンボル」なんですけれども、「では〝平和〟をいかに守るか」という議論が当然そこに生まれてきます。立場によって、そこに色々な考え方が出てきてしまう。

そもそも、この像はどのように作られたか。生命を殺すことで作られています。これはおよそ平和のイメージからは、

飴田　かけ離れていますよね。対極にあります。

木村　だからもう既にかなり危うい。ただ厄介なのは、先程仰ったように、ここの変化は形が同じまま本質が変化しているということです。モデルですからね。

形が同じということは、何かを錯覚させたり、カムフラージュさせたりすることができてしまうわけです。ある種のねじれを可能にしてしまう。具体的に言えば、鳩の命を殺すことで「平和の像」が生まれたように、暴力や武力によって〝平和〟は守られる、という理屈が簡単に成り立ってしまうのですね。ここまでが第一段階の変化です。

世の中はさらに変化していって、この後、第二段階に入ります。「平和の像」が弾丸に変化していくところ。話の中では、鳩を売り飛ばして殺してしまった男が後ろめたさを感じ、それにつけこんだ存在がいた、それは本来の平和を望まない〈政府のまわし者〉だった、とあります。

彼らには平和という観念はむしろ邪魔なのですが、自分からはその平和の象徴を積極的につぶすことはできない。世論の支持を保っておくためには、建前としての〝平和〟は必要ですから。彼らは自分達

の手は汚さないで、像を男に盗ませ、そして彼を犯人に仕立て上げ、像を弾丸に変えることに成功するわけです。

これがさらに男を撃つ。元々伝書鳩で帰巣本能が強いから、本当に元の飼い主に戻ってくるわけですよ。ピストルでばーんと撃たれる形で。この辺りは非常に痛烈です。つまり、〈政府のまわし者〉はまず男を利用し、次は鳩の像を利用し、最終的に平和を葬る、という動きになっていく。これが第二段階の変化です。やはり時代背景と連動しています。

飴田 今、お話をお伺いしていて、象徴、シンボルほど危ういものはない、なるほどな、と思いました。シンボルを掲げたからといって、平和にはなりませんから。

木村 ならないですね。

飴田 平和にするのは、やはり私達だもの。

木村 意味づけをして、それを支える側がないと駄目です、本当に平和そのものにしていくためには。鳩がいるだけでは、

飴田 駄目ですね。

木村 それに騙されちゃ駄目ですね。「安全のため」とか「平和のため」とかいう言葉だけなら、誰にだって言えます。

なぜ「手」なのか

飴田 ところで、面白いのが『手』というタイトルですね。

木村　ああ、確かに、ここまでの説明で「手」は出てきませんでした。例えば『鳩』とか、そんなタイトルでもよさそうなのに、なぜでしょう？〈おれにとって、あの男は、その「手」の附属物にすぎなかった〉と言っています。つまり、かわいがられていた時から、鳩は男の「手」しか知らないのです。

飴田　ああ、手で撫でますからね。

木村　そうです。男の境遇がどんどん変わって行くから、鳩を次々と変化させていく、鳩の運命を変えていくわけですけれども、鳩からすれば「手」しかないと。つまり、顔がないということですよね。顔が見えないという印象、読んでいる私達も感じますし、鳩にはそう意識されている。だから、『手』なんです。

恐らく、男は戦後のぎりぎりの生活で時代に翻弄されて、生きていくのでもう精一杯です。とにかくその場その場で自分の生活を何とか保とうとして、こんな風に受動的に生きてきて最後は殺されてしまう。主体や責任を持ち得ない存在です。こう見てきますと、この男というのは別に、特に誰と特定する必要はない。戦後をこのように歪め、あるいは歪められていった普通の人々の一人であると考えていいと思います。

かたや、軍の伝書鳩。この鳩は勲章までもらっています。戦争中、手柄を立てているのです。そうしたところにきちんと人間が決着つけて、こいつはかつてそういうことをした奴だ、と認識していれば、「平和の像」には使えないはずなのですよ。ここのアイデアがもう絶品だと思います。よく伝書鳩なんて思いついたな、と。本当にいたみたいですよ、軍鳩って。で、本当に勲章をもらったりしているんですよ（笑）。

飴田　へえ（笑）。別に鳩的には嬉しくもないと思いますけれど。勲章をもらってもわからないから。

木村　うっとうしいですよね、足元にそんな物をつけられたら。

顔と主体のない手。それと、戦時下の価値をそのままなし崩し的に引き継いでしまった鳩。それがもう一度、武力の側に結局戻ってしまい、弾丸という形になる……こういう変化を描いて、戦後の平和のありかたを鋭く諷刺しています。

戦後七〇年と言ったら、テレビでも必ず戦争中の映像とかに焦点が当てられて。

飴田　終戦記念日に向けて、そういうテレビ番組や新聞記事も増えますね。

木村　問題はむしろその後、それにどうやって決着をつけたのか、つけていないのか。戦後、先程見たように色々なことが起きていたわけで、そちらも大事なんじゃないの、という気がします。

飴田　戦後というのは、今だって戦後なんですから――戦後一〇年と戦後七〇年の差はありますけれども――つながっていますよね。

木村　例えば、沖縄の問題だって、安保の問題だって、基盤は全部一九五〇年代につくられているわけです。それをずっと今まで引きずっているから、今色々な問題が起きているわけで。もっとここの部分をきちんと知っておかないと、とんでもない間違いをする恐れがありますよね。

飴田　戦後に生きる私達は、戦後というものをもう少しちゃんと見つめないといけないのかなと、今日は思いました。

（二〇一五・八・一三　放送）

11 村上春樹『パン屋再襲撃』

◎初出：『マリ・クレール（日本版）』一九八五・八
◎テキスト：『パン屋再襲撃』一九八九・四（二〇一一・三、新装版）、文春文庫

二度の襲撃の顚末

鮎田　今日取り上げるのは、村上春樹さんの短篇『パン屋再襲撃』。もう一回パン屋を襲撃するぞ、という……。

木村　再襲撃と言うからには二回目なわけで、実際、四年前に『パン屋襲撃』*という作品があり、この作品はそのいわば続篇みたいなものとして書かれています。十年前に既に一度襲撃をしていた主人公が、もう一度襲撃をするという話です。ただ、『再襲撃』の中に一度目の襲撃の概略は説明されていますから、これだけ読んでも十分わかるわけです。あらすじをご紹介しましょう。

結婚してまだ間もない若い夫婦が主人公達です。真夜中にものすごくお腹がすくんです。部屋には食べ物がろくにない。では、外に食べに行けばいいじゃないか、となるはずだけれど、深夜のファミレスなんかで安易に充たしてはいけないような空腹だと思うわけです。そうこうするうちに、夫の方が「この空腹は覚えがあるぞ」と。十年前に似たようなことがあったと思い出します。そこから彼が一回目のパン屋襲撃を妻に向かって話し始め、しばらくは

回想になります。

当時、自分には相棒がいたと。この相棒、『パン屋襲撃』を読めば明らかに男性だとわかりますが、『再襲撃』の方では性別が不明です。ともあれ、その相棒と共に襲ったんだと言うんですね。その頃、自分達は若くて飢えていた。お腹が減っていたから、とにかくパンを強奪しようとしたと。

普通、お腹がすいたら、どうします？

飴田　お金を払って食べ物を買いますよ。

木村　そうですよね。そのお金はどうやって手に入れます？

飴田　働きますよ。

木村　そう、働くしかないわけです。ところが彼らは当時、働きたくなかったと言うんです。それを拒否してパン屋に入っていったのです。

ところが、相手がまた奇妙なパン屋で、「ワグナーのＬＰを最後まで聴いてくれたら、この店のパンを好きなだけ持って行っていい」と変な取引を言い出すわけですよ。これがもし皿洗いをしろとか掃除をしろとかという要求だったら、彼らは拒否したのですけれど。

飴田　働きたくないわけですから。

木村　そうそう、働きたくはない。だけど、音楽を聴く位だったら悪くはないと思って、要求をのんでしまったわけです。で、たらふく食ったと。それはよかったんだけれども、後々何か〈呪い〉にかけられたような、大きな間違いをしでかしたような、変な感じがいつまでも残って、結局、彼はその相棒と別れてしまう、そういう経緯があった、と。ここまでが、妻に話した回想部分です。

するとこの話を聞いた奥さんが決然と言うんですよ。〈もう一度パン屋を襲うのよ。それも今すぐにね〉と。〈それ以外にこの呪いをとく方法はないわ〉と。

主人公の夫の方は、何だかそれほど乗り気じゃないんですよね。ビール飲んだりしてへらへらしているんですけれど、奥さんの方がものすごく積極的になって、襲撃の用意を始めてしまうのです。なぜか散弾銃まで持っていたりする。この辺から村上ワールドですよね。絶対あり得ないことがばんばん出てくる。

飴田　なんでやねん、ていう。

木村　なんでやねん。どんどんその辺はコミカルになるんですけれど。とにかく車で深夜の東京を走り回る。ところが、どこもパン屋は開いていない。これはもう妥協するしかないと言うので、奥さんが〈あのマクドナルドをやることにするわ〉と、車を止めさせ、店に入り、店員がマニュアル通りの挨拶をしたのを合図に、顔を隠して銃を突きつけるんです。

強盗に入られたわけですから、店員さん達、普通ならそれらしき反応をしそうなものです。ところが、彼らもまた変な人達で、「お金はあげます。保険がかかっているから別に構いません」とか、二人が「シャッターを閉めて、看板の明かりを消しなさい」と言っても、「いや、困るんです。勝手なことをしたら責任問題になりますから」とか。でも、渋々言われたようにする。

「ビッグマック、三十個作ってくれ」というのが二人の要求です。すると、「お金をあげますから、どこかよそで注文してもらえませんか。帳簿がややこしくなるんですわ」と。強盗に入られているわりには、何だかあらぬ方を気にしている。彼らも雇われている人間だから、まず自分達の保身を考えるわけです。

ともあれ、色々ちぐはぐなんだけど、三十個ビッグマックを作らせて、それとは別にコーラを二つ。これにはお金を払っているんですよね。

飴田　そうなんですよ（笑）。

木村　変でしょう？　次は店員達を紐で縛ります。「痛くない？」とか気にしながら。ほとんど形を整えるみたいな感じ。とりあえずそれで襲撃したことにするわけです。奇妙なことに、店を出るまで一組の若いカップルの客がいたんだけれど、彼らは、これだけのことが起きているのに全然目を覚まさず、ずっと寝続けている、といった場面も挿入されます。

とにかく、彼らはビッグマック三十個を紙袋に入れて、車に戻り、静かにハンバーガーを食べるわけです。旦那の方がしみじみ言うわけですよ、〈こんなことをする必要が本当にあったんだろうか？〉。奥さんの方は〈もちろんよ〉と言って、二人で深い眠りにつく。

一度目は青年対大人

木村　お読みになっていかがでした？

飴田　やりとりがやはり奇妙なんですよ。襲撃のやりとりも変だし、夫婦間の会話も不思議な感じがしますし。

木村　でも、これ、現象としてだけでも、ざっと読めてしまえませんか。若い夫婦がパン屋を襲うつもりでマクドになってしまったという、それだけでも面白い話として読めてしまう。これが、村上春樹が読者を沢山持てる理由の一つだと思います。

飴田　深読みしなくても、楽しめてしまう。

木村　お素麺をつるつる啜るように読めるところもあれば、今から見ていくように色んな読み方が可能になる、ということですね。

二つの襲撃について考えるべきことがそれぞれあります。まず、そもそもなぜ襲撃しようとしたのか、という彼らの思惑ですね。二つ目は、その思惑に対して実際の結果がどうだったのか。それらの結果は、一体何を意味するのか、ということ。

今仰ったように、やりとりが奇妙、ということは、つまりこの襲撃は完璧ではなかったような気がしませんか。

飴田　そうですね。

木村　小説では完璧に思惑通り事が運んだら、お話にはなりませんわね。だから、どういう意味でこの襲撃が成功していないのか、あるいは成功したように思えないのか、ということを考える必要があるのかな、と思います。

では、なぜそんな襲撃をしようとしたのかということから。一回目について、まず考えていきます。『再襲撃』の中では一言、「要するに僕らは働きたくなかったんだ」としか説明していないのですけども。ここで、元の『パン屋襲撃』の方を読むと、わりとわかりやすく説明されているんですね。〈等価交換物を持ちあわせていない〉とか、〈神もマルクスもジョン・レノンも、みんな死んだ〉とか書いてあって。一瞬、「何だこれは」と思いますが。

これらは、彼らが置かれていた状況を端的に表していると思います。よりどころを失ってしまって、自分達に「こんな風に生きなさい」という生き方の指針を誰も教えてくれない。自分で独自の規範を発見しなければいけない。彼らはそういう時代にぽーんと放り出された若者達なのです。しかも、彼らは既にある社会のルールには同化してしまいたくないとも、まだ思っています。これは若者、特に当時の若者にありがちだった。その場合の社会のルールとは、ちゃんと働き、その労働の対価として賃金をもらい、それで食べていく、というもの。ですから、一回目の襲撃のキーワードは〈交換〉だと考えていいと思います。彼らは〈交換〉という社会のルールを徹底的に拒もうとしている。その結果として、奪う、襲撃する、という行動が出てくる。これが彼らの価値観でした。

ところが、相手にしたパン屋は、「ワグナーを聴いてくれ」と言いますね。鮎田さんはワグナーお好きですか。

鮎田　私はあんまり聴かないのですけれど。

木村　ものすごく好き嫌いがはっきりしているんですわ、ワグナーというのは。好きな人はとことん好き。

鮎田　何か、それ行け、やれ行け、というイメージが、ワグナーには。

木村　それ、あれでしょう？　映画の、ほれ、あれですわ。

飴田　そうです。あれです。ベトナム戦争を扱った映画**ですね。

木村　この、タイトルが出てこないところが四十代と五十代の会話なんですけれど、『ヴァルキューレ』でしょう？

飴田　そうです。

木村　音楽のタイトルは出てくるのだけれど、映画のタイトルはど忘れ。とにかく、「ワグナーを聴いてくれ」というのは、「モーツァルトを聴いて」というのとは意味が違うのです。多少暴力的になりますよね。

　つまり、彼らが自分達の価値観で襲撃してきたのに対して、パン屋の方も自分の好みを強引に押しつけるというやり方をしてきた。彼らは〈交換〉を拒否するつもりで強奪しようと思って入っていったのに、結局、この親父によって〈交換〉をさせられてしまう。

　まさか、ワグナーを聴くなんていうことが、お金や労働と同じような〈等価交換物〉になるとは思いもしなかったわけです。ということで、彼らの思惑は当初の目的とは全然違うものにねじ曲げられてしまった。自分達としては、社会に何か抵抗したつもりでいたけれど、それが世間知に長《た》けた大人に懐柔されてしまう。これが多分、一回目の襲撃の顛末の意味だと思います。

二度目は今のこの国？

木村　では、二回目。これはどちらかと言うと、妻の方が主導権を握っています。一回目は社会の秩序に抵抗したいという青年達の話だったけれど、彼らはもう結婚しています。結婚というのは法的な関係ですから、もうそれで一定の社会秩序の中に組み込まれている。普通なら安定するはずですね。
ところが、それでは満足していないことが、この空腹からは読み取れます。まだ何か足りないと思っている。特に妻の方が思っている。やはりもっと二人の結束を固めなければいけない、と。まだ、新婚二週間ですから。若い男女が結束を固める、絆を深めるためには何をするのが一番いいか、という話になるわけです。

飴田　やはり二人だけの秘密を持つことが、いいんじゃないですか。何か一緒に共同作業をするとか。

木村　ああ、その言葉で思い出しましたけれど、披露宴の時に二人でケーキカットをしますよね。あの時、「司会の人が「はい、初めての共同作業です」とか言いますよね。

飴田　ああ、やりますよね。

木村　あの時は周りに人がいて、皆が見ているところで、祝福されてやります。これって、秘密じゃないでしょう?

飴田　公ですよね。

木村　だから、あれ、実は全然二人の結束は固まりません(笑)。周りに認知はさせられるだろうけど。むしろあれを裏返した何かをしなければいけない。まさに、今仰ったように秘密が必要。しかもそれはプラスの方向ではなくて……秘密というのはだいたいマイナスですよね。

飴田　いいことは公にしますから。

木村　そうそう。ですから、人には理解されない、ある場合は悪いとみなされるようなことを二人でやる、あえてやる共犯関係。それでお互いが監視し合うことにもなりますしね。

ましてやこの奥さんの場合、一回目の襲撃については、相棒の性別がわからない語り方をされています。だから、もしかしてこれは前の彼女の話と違うか、と思っても不思議ではない。妻としては気になります。それだけ結束していた相棒がいたんだ、と。だから、この〈呪い〉は何としてでも解除されなくてはならない。そうしないと、今の自分達の関係が本当に始まらないと思っている。この襲撃は、それを始めるための一種の儀式です。それをやることによって二人の結束を固める。

ところが、これがまた実際はどうだったか。パン屋を襲うつもりがマクドになってしまった。しかも今回は、前のパン屋と違って、どんな〈交換〉もそこには成立しないまま、易々とハンバーガーを手に入れてしまったのです。店員達は、与えられた仕事をマニュアル通りただ行うのみです。本来、襲撃に対して何らかの反応をするはずだけれど、予測できるような普通の反応は一切していません。ここにはその人達の個人としての意志がほとんど見られない。

これに比べたら、さっきのパン屋さんは、何とも個性的ですよ。若者達の思惑を読み取り、同じやり方で突き返し、且つ、ワグナーを聴かせたいという自分の欲望も満たすわけですから。

飴田　上手《うわて》だったというわけですね。

木村　そうです。明らかにここには、若者と老獪な大人との戦いがあって、後者が勝ったという話になっています。それに比べて、マクドナルドの方は何だかもやっとしている。二つの襲撃の間に十年という時間があるわけですが、この間で何が変わってしまったのか。もちろん主人公達が歳をとって彼ら自身も彼らの襲撃の動機も変わっています。けれども、それよりもっと変化しているのは、彼らと彼らを取り巻く状況、関係のありかただと思います。

つまり、世の中のありかたとして、まずパン屋の時代というのは、社会に反抗し、抵抗してやろう、という若者がまだいた。それに対して、まあまあとそれを賢くなだめていく、教育していく大人もいたわけですよね。この関係の間には少なくとも相互に主体性があって、ぶつかり合っています。

ところが十年後になりますと、まがりなりにも意志を持って襲撃をしようとぶつかっていくんだけれども、何か暖簾に腕押しというか、自分は横に置いておいてまず役割で動く、仕事という枠の中でしか行動できない、個としての主体性を発揮できない状況に置かれている店員達が出てくるわけです。彼らの姿を通して、そういう社会の変化を描いている。私達が読んでいて、何だかすごくよくわかるわけでしょう？　そうそう、こういうことはありそう、マクドナルドにはマニュアルがいっぱいあるし、とか。そういうのを大変うまく使っている。

また、これだけのことが起きている店内で若いカップルがずっと眠りこけている、という場面も挿入されていました。主人公達の襲撃が変な具合に終わった後、彼らもまた深い眠りにつく。まるで、何も気づかず何にも抗わず、二人で眠るということだけがこの世での安らかなありかたなんだよ、とでも言いたいかのようです。

とても具体的なんだけれども、ここに描かれているのは、普遍的な今の日本の状況である、と。恐らく、だから世界で読まれるのでしょう。日本のことがよくわかる、と……これは村上氏自身が言っていたのかな。直接地名が出てこないような作品でも、日本のことだとわかる、と。私達は日本に住んでいますから、当たり前だと思っているけれど、よその国の人が読むと、そう思うらしいです。

＊『パン屋襲撃』……原題「パン」
（村上春樹・糸井重里『夢で会いましょう』一九八六・六、講談社文庫　所収）
＊＊映画……フランシス・フォード・コッポラ監督『地獄の黙示録』一九七九、米

（二〇一四・九・四　放送）

Ⅳ　何が罪？　罰するのは誰？

12 芥川龍之介『蜘蛛の糸』『魔術』

◎初出：『赤い鳥』一九一八・七／一九二〇・一
◎テキスト：『蜘蛛の糸・杜子春』一九八四・一二、新潮文庫

救済と試練のアンバランス

飴田　今年は芥川龍之介没後九〇年ということで、今回も芥川。超有名な作品です。
木村　〈或日の事でございます〉というやつですね。あの独特の語り口。『蜘蛛の糸』。
飴田　多分、多くの人が芥川龍之介の作品の中で一番最初に出会うものじゃないかな、と思います。
木村　そうですね。『赤い鳥』という、子供にとって本当によい読み物を、という趣旨で企画された児童文学雑誌。大正七年、今から百年程前に創刊号が出ました。ここに芥川も初めて発表した童話ということで、記念すべき作品です。
飴田　では、最初から子供達が読むであろうことを想定して書かれたお話なんですね。ですが、今日は大人の私達が読み解いていこう、と。
木村　ちょっとひねくれた大人の私達がどこまで行けるか、やってみましょう。
飴田　久しぶりに読んだという感じです。
木村　とてもシンプルな話でしょう？　これでどうやって三十分喋るねん、と思っておられるかも知れ

ませんが、喋ること、いっぱいあるんですよ。

どなたもがご存じだと思いますが、地獄で苦しんでいる罪人犍陀多、たった一度だけ蜘蛛を助けたというよき行いの報いとして、御釈迦様が蜘蛛の糸を垂らして下さるわけです。それを一生懸命這い上がって行きますが、ふと下を見ると、他の罪人もぞろぞろついてきていた。「危ない、これでは切れてしまう」と思って、犍陀多は「この糸は己のものだ。下りろ、下りろ」と言ってしまう。その途端、糸がぷつりと切れてしまうわけです。

この糸が切れてしまった理由を語り手は、〈自分ばかり地獄からぬけ出そうとする、犍陀多の無慈悲な心〉〈その心相当な罰をうけて、元の地獄へ落ちてしまった〉と言っています。もうこれで全部説明しきっていますよね。何をこれ以上語ることがありましょうや、と思われるかも知れませんが、道徳の時間ではありませんので、この際、もっと自由に読んでみましょう。

まずちょっとお尋ねしたいのですが。

犍陀多は、人は殺す、放火はする、とことん悪いことを散々やってきた大悪人です。かたや、蜘蛛を助けてやったために糸を垂らしてもらうのですけど、助けたというのは、別に自分が命を賭けてやったとか、そういう話じゃないですよね。踏み殺さないでおいてやったとしか書いていません。これって、そんなにいい行いなんですか。

飴田　御釈迦様、助ける相手を間違っているんじゃないですか？　とは思いますね。

木村　なるほど。他にも罪人がうようよいるけど、その人達だってそれ位のことはやっているかも知れない。

御釈迦様は〈ぶらぶら〉歩いていて蓮と蓮の間を〈ふと〉見下ろしたら、犍陀多が目に入った。たまたま思い出して「じゃあ、救ってやろう」と。何だか気まぐれな感じがします。

飴田　ああ、確かにね。

木村　考えてもみて下さい。犍陀多は蜘蛛を気まぐれに踏み潰そうとしたけれど、しなかった。救ってやった。なのに、御釈迦様は犍陀多に気まぐれに手を差し伸べてやって、でも救わなかった。結果としては、御釈迦様は助けていない。犍陀多の方は助けてやっている。この御釈迦様、大丈夫か？　というのが、この話を考えるとっかかりです。

かたや、犍陀多の身になれば……飴田さん、今、犍陀多になってみて下さいね。地獄で喘いでいる状態で、すーっと目の前に糸が下りてきました。どうしますか。

飴田　梯子が下りてきたようなものですよね。そりゃ、上りますよ。逃げます、地獄から。

木村　必死こいてね。ふと下を見たら、ぞろぞろ罪人がついてきた。さあ、どうしますか。

飴田　梯子なら「皆で登ろう」なのかも知れませんが、蜘蛛の糸は細い。切れる可能性がありますから、下りてくれと言いますよ。

木村　一緒じゃないですか、犍陀多と。

飴田　私、犍陀多ですから(笑)。

木村　実は私もそうなんですよ。二人とも地獄へ真っ逆さまですね。

飴田　だけど、普通はそうじゃないですか。今、思いました。

木村　でしょう？　人間の心の動きとして、こんな窮地に立たされたら、やはりまず自分を何とかしたいと思います。もしそうでなく、語り手が言っているように、エゴイズムを出さないでおくべきだったというのなら、人の苦しみと自分の苦しみを、同じ重みを持って考えられるような人間じゃないと駄目、ということでしょう。人が救われなければ自分も救われてはならないという思想。これは非常に立派な思想ですけれど、ハードルが高過ぎませんか。

飴田　高過ぎます。そんなことのできる人がいるんだろうかとさえ思います。

木村　でしょう？　そのことと、犍陀多はただ蜘蛛を殺さなかったというだけで糸を垂らしてもらえたという、この御釈迦様のお慈悲とを比べた時、何だかすごくバランスが悪いと思いませんか。課せられているハードルはとても高く、他方、救いのハードルは低い。これが一つの問題だと思います。

　それから、糸が切れた瞬間、犍陀多はそれをなぜだと思ったでしょうか。

飴田　やはり人の重みで切れたと思ったでしょうね。

木村　そうでしょう？　先程読みましたように、読み手には語り手が親切に説明しています。自分だけ助かろうとしたから、こうなったんだと。でも、それは私達が知らされているだけで、犍陀多には伝わっていないのです。

飴田　御釈迦様は何も言っていないんですよね。

木村　なので、仰る通り、後から上ってきた罪人達のせいだと。物理的な理由で切れたと。だから、地獄に落ちてから、また犍陀多は罪人達ともめているでしょうね。

飴田　お前達が上ってきたからだと。

木村　そうそう。つまり、どういう罰なのかが何も知らされていない。本人に理由が知らされない罰って、一体何？　と思いませんか。

飴田　何か不条理だな、と思うような気がする。理由がわからないから。

木村　私達が読んで、大変シンプルな因果応報譚みたいに感じるものが、本人にしてみたら、ものすごく不条理なものが残ったまま、という……。

飴田　説明がないからね。

原典と比べてみる

木村　それを考えるにあたって、大きなヒントになるものがあります。さすが芥川、こんなに短い話なのにやはり元ネタがあるんですよ。

飴田　ええっ。

木村　『羅生門』などと同じですね。これは、ポール・ケーラスという人の書いた仏教説話のような物語の一部です。『因果の小車』と鈴木大拙が訳していますが、ここに「蜘蛛の糸」という、タイトルも全く一緒で、筋書きもほぼ同じ物語があるんです。これが現在では、芥川の『蜘蛛の糸』の原典とされています。

ただ、この元ネタの方は、芥川と比べて大きな違いが最初にあります。先程も確認したように、芥川の方では御釈迦様は一言も話をしていません。
飴田　犍陀多と会話はないんですよね。
木村　そうなんです。ところが原典の方では、まず犍陀多が地獄から極楽を見上げて、仏様の存在を認めます。そして叫ぶんですね。「私は今まで悪いことをしてきました。でも、正しい道を歩みたいと思っています。どうか私を助けて下さい」と。すると、蜘蛛を助けたことを仏様は知っているので、糸を垂らして――ここの経緯は一緒ですが――蜘蛛をお使いとして「この糸を頼って上ってこい」と言わせます。つまり、犍陀多と仏様の間にちゃんとコミュニケーションが成り立っている。これは大きな違いです。

仏様は、犍陀多が救いを求めてきたのに対して、具体的に救われる方法として糸を示している。「これに安心してしがみつけばよい。全部任せなさい」という感じです。これは、仏教の教えで言うと、いわゆる他力本願ですね。全てお任せします、と。

だから、糸に縋りついた意味が、元の話と芥川とでは全然違ってきます。元の話では、仏様の言った通り、もう自分をいったん投げ出しています。ところが、芥川の方は、誰のものとも言われず垂らされてきたものを、「これは自分のものだ」と思い、みずから「これで助かろう」と思ってしがみついています。先程の他力という言葉を援用するならば、自力で何とかしようとしていることになる。自力救済、自力で何とかしよう、悟ろう、というのは、すごく難しいことです。仏教ではそれを否定はしないけれども、困難である、と。難しいだけではなく、自分で何とかしようと思えば、やはり欲が出ますしね。

ということで、何も言わずに糸を垂らしてきたことを、どう考えるか。

飴田　救済のための糸かどうかもわからない。とりあえず「何とかなるかな」と思ってしがみついてみたんですよね、芥川の方は。
木村　そうですね。
　原典の方の糸は、不思議なことに、多くの人がしがみつけばしがみつく程タフになっていくんです。これは大乗の教えです。大乗仏教。多くの人間が救われたいと思えば思う程、その救いは容易になる、ということも語られる。
　けれども、そんなことは芥川の方には一切出てこない。御釈迦様は、最初から犍陀多に自力を起こさせる、欲を触発させるような救済のしかたをしている……随分と御釈迦様は地に落ちてしまいました。
飴田　大した御釈迦様じゃない、偽物の御釈迦様じゃないか、という感じに書かれていますけど。犍陀多は元々地獄にいたんだから、それ以上の罰ではないですよね。元のところに戻っただけだな、という気はします。
木村　なるほど。そもそも蜘蛛を助けたことが大したことではなかったから、蜘蛛の糸程度しか救いはなかったということでしょうか。ただ、読み手の私達だけには、「エゴイズムは駄目なんだよ」という道徳臭い教訓だけが残る……。

『魔術』と並べてみる

木村　問題多きこの御釈迦様、犍陀多の我欲を引き出してしまった御釈迦様が、この後、もしすべきことがあったとするならば、それは何か。これを考える鍵になるのが、芥川のもう一つの童話、『魔術』という作品で、これを次に読んでみたいと思います。

飴田　今回初めて読みました。

木村　そうですか。私は小学生の時に読んで、もう大好きでしたね。この魔術の場面がすごく美しいでしょう？　何回も繰り返し読んだ記憶があります。これは、『蜘蛛の糸』の発表された一年半後、やはり『赤い鳥』に発表されました。

主人公の語り手〈私〉が、インド人である友人のミスラ君に会いに行きます。この人は魔術ができるので、それを見せてもらいに。ミスラ君は「これは、たかが進歩した催眠術です。だからあなたでも使おうと思えば使えますよ」と言って、とても美しい魔術を見せてくれるわけですね。

それにすっかり魅せられてしまった〈私〉が、「さっきあなたでも使えますよと仰いましたけれど、それは本当ですか」と。「本当です。ただ、欲のある者には習えない。習うんだったら、まずは欲を捨てなきゃいけない。あなたにはできますか」と言われて、「できるつもりです」と〈私〉はやや不安そうに答えるんですね。

それで「じゃあ、今晩お泊まりなさい」となって、一月後。今度は〈私〉が友人達の目の前で火のついた石炭を金貨に変えてみせるという、非常に派手な魔術をやるわけです。でも、「欲が出たら魔術を使えなくなるから、自分はこれを元に戻す」と言います。すると、友人達が猛反対。結局、何だかんだ言って、このお金をどうするかという賭けに巻き込まれてしまうんです。トランプのゲームが始まる。すると、不思議にもなぜか〈私〉はどんどん勝ってしまう。そこでつい欲が出て、このゲームの只中で魔術を使ってしまう。アウト！　ですよね。

実は、これは全部夢だった、という種明かしがこの後に来て、たった数分間で、〈私〉はもう魔術を習う資格がないことが明らかになってしまう、という話です。
『蜘蛛の糸』とよく似ているでしょう？

飴田　思いはかなわない、というところが似ていますね。

木村　そうですね。試す側と試される側というのがいます。ミスラ君は御釈迦様に相当し、犍陀多に当たるのが主人公の〈私〉。試されるんだけど失敗する、という構図です。
試練を受けている局面が夢の場面です。銀座のある倶楽部で自分が魔術を見せているということになっていますが、これもいわばミスラ君のしかけている催眠術だと私は思いますね。色んな状況をしかけていって、ある程度までは、〈私〉はクリアします。欲を出さないようにしていますよね。ところが、最後の最後でアウト、となるわけです。
でも、よく考えてみると、そういう夢を見せるということは、最初から〈私〉の欲は予測がついていたんじゃないか、と。見せる夢が決まっていたわけでしょう？　では、どうしてわざわざ夢を見せる必要があったんでしょうか。

飴田　読者にわかりやすいように？

木村　確かにそうです。それに、この夢の場面がなかったら、『魔術』はお話になりませんもの。どんでん返しも面白いですよね。最初は、本当に一月後、魔術が使えるようになっているんだと思って読みますが、これは一回目だけ楽しめる読み方ですよね。
それにしても、駄目だとわかっているんだったら、どうして最初からミスラ君は〈私〉に駄目だと言わなかったのか。これを考えるにあたって大事なのは、〈私〉が魔術を教えてほしいと思うようになり、ミスラ君にそれを頼んだ原因はそもそもどこにあるか、ということです。まずミスラ君の魔術を見たからですよね。

飴田 自分もやってみたいと。

木村 すごく魅力的な魔術を見せてもらった。しかも「あなたでも使えますよ」と言っていますよね。これはやっぱり大きかった。

飴田 ミスラ君はなぜそんなことを言ったんだろう、と思いました。

木村 私の単なる推測ですけど、ミスラ君は「しもた！」と思っているんじゃないかなと。習いたいというのも一種の欲です。それを引き出した責任は、ミスラ君自身にある。

飴田 まさに蜘蛛の糸を垂らしているみたいなものですよね。

木村 そこでつながりますね。そうなんですよ。

引き出してしまった欲に対して、自分がやってしまったことはまずかったなと直感したミスラ君が、次にやらなきゃいけないのは、〈私〉に諦めさせることですね。説得しなきゃいけない。その手続きとして、この夢を見せたと考えてみたら、どうでしょうか。

飴田 君には無理だよ、と、説得しきれないだろうと思ったわけですかね。

木村 口で「いや、あなたは無理ですよ」と、

飴田 「あなた、結構欲にまみれているでしょう」と言えない。

木村 それは言えない（笑）。もし言ったとしても、言葉でそれはわからせられないでしょう。やはり実

体験というか、実際に自分で何か事を起こして、それで初めて人は思い知る、と思いませんか。

飴田　そうですね、欲に限らず。自分が体験してみて、初めて言われていた意味がわかるということがあります。

木村　夢というのは疑似体験だから、そうやって自分自身が選んで行った行為がこれですよと言われたら、納得せざるを得ない。しかも、最後に欲を出したところ、非常にわかりやすいでしょう?

飴田　お金ですからね。

木村　そう。お金に目がくらんだ、と。だから、ある意味でミスラ君は大変親切です。

　これに比べて、『蜘蛛の糸』の御釈迦様は何も説明していない。犍陀多も糸の先に御釈迦様がいることを知らない状態です。だから、別に説明する必要もないし、説得もいらない、ということになる。非常に不親切ということで、犍陀多は自分の身に起きたことの意味を知らないまま終わってしまった。ただ、語り手は、読み手に対してわかりやすく説明してくれている。

　そのわかりやすいというのと同様、『魔術』でもミスラ君は大変わかりやすいレベルで〈私〉の欲というものを知らせました。けれども、実はこの話、そんなにわかりやすい欲だけではないんですね。

　これをお読みになって、夢の出だしの部分から、何か不思議な感じがしませんでしたか。

飴田　ミスラ君が主人公に魔術を見せる場所は、自宅ですよね。ところが、〈私〉が魔術を披露するところは突然、何かきらびやかな会場ですね。

木村　そうなんですよ。〈ミスラ君の部屋などとは、まるで比べものにはならない〉と書かれていて、ちゃんと比較してあります。銀座の倶楽部で、得意満面という感じで、やっている魔術も派手です。

これって一種の虚栄心ですよね。つまり、自分は欲を超えた一種の超越者になった、あんた達とは違う、と。こういう状況で魔術を見せたいという、〈私〉の深層心理とでもいったものが既に露わになっている。こういう種類の欲もあるわけです。が、こういう欲を本人にわからせるって、すごく難しいと思いませんか。虚栄心というのは、なかなかややこしいものだろうな、と。

童話を読む子供達は、まずわかりやすい物欲・金銭欲のレベルで、「ああ、こういう話だな」と納得するでしょうし、さらにそれ以上に、この夢全体から〈私〉の思い上がった感じを読み取れる子もいるでしょう。さらに、ミスラ君の側からすればどうか、というところまで行けば、『蜘蛛の糸』とセットで読んだ時に、色んなことが見えてくる。

飴田　そうすると、最初から欲がありますよね。魔術を教えてほしいという欲から始まっているんですよね。

木村　さらに遡れば、見せてほしいということです。一体どこから欲なの?

飴田　そして、どこからの欲がNGなんですか、ということですよね。

木村　『蜘蛛の糸』もそうですね。糸に摑まった時点でアウトかも知れないですよ。自分で助かりたいと思ったら、仏教的な考えからすれば、危ういわけです。さあ、難しくなってきました。

飴田　無欲でいるなんてことは不可能ですよね。人である限り。

木村　そうなんですよね。

飴田　って話ですか、これ（笑）。

木村　そんな無茶な、と。

試してくる側、超越者・絶対者が、非常に高度なことを要求している。それに対して私達は、なかなか気がつきません。だからなるべくわかりやすいレベルでわからせてくれるミスラ君なんかもいるわけですけど。

人間がどうあるべきかということについて、本当にちゃんとした基準があるのかな、という感じがしてくるのです。『蜘蛛の糸』は、地獄と極楽という規範がはっきり定まった世界でしょう？ それをちゃんと区分けしてくれる存在がいないと成り立たないはずです。『蜘蛛の糸』をさらっと読めば、非常に明快な因果応報譚に読めます。ところが、今みたいに読んでくると、「極楽と地獄の境目って、どこ？」みたいな。誰もそれを決められないんじゃないか。御釈迦様が二流、三流に描かれているのは逆に、今の世の中には、それをきちっと決められる存在がいないことを言おうとしているようにも読めてくるんですね。

飴田　なるほどね。

木村　童話って、わかりやすくてシンプルに見えます。だから、私達はそれでもう納得しちゃうんですけど、実はその見かけの裏に、そんなシンプルな倫理は本当に成立しているのか、意外とそれは難しいんじゃないの？　という隠れたメッセージがあるような気がする。

飴田　さすが芥川龍之介。全然そんなこと考えずに……。

木村　子供にそこまで読ませるつもりはなかったでしょうけれど、大人になっても読むに堪えるものを書いていることは事実だと思います。

（二〇一七・八・一七　放送）

13 太宰 治『新釈諸国噺 ―赤い太鼓―』

◎初出：『新釈諸国噺』一九四五・一、生活社
◎テキスト：『お伽草紙』一九七二・三、新潮文庫

大晦日の盗難・新年のお裁き

飴田　『新釈諸国噺』は、太宰治が〈世界で一ばん偉い作家〉と惚れ込む井原西鶴の作品を下敷きに、独特のアレンジを加えた短篇集です。西鶴へのオマージュと言えるかも知れません。今回はその中の「赤い太鼓」という作品を取り上げます。

木村　西鶴は、町人達が年末の取り立てをいかにやり過ごすか、もう大騒ぎをして四苦八苦する話を沢山書いていますけれど、この話の元ネタも西鶴の短篇集『本朝桜陰比事』中の「太鼓の中は知らぬが因果」という一篇で、大岡裁きのような裁判物です。まず、西鶴の元の話を少し説明して、それから、太宰がどういうところを書き換え、それがどんな意味を持ってくるのかというところに向けて、お話ししましょう。

飴田　ではまず、井原西鶴、オリジナルの方ですね。

木村　舞台は、年末の京都の西陣です。真面目に仕事して暮らしてきた夫婦がいるのですが、経済的に行き詰まって夜逃げの用意をせざるを得なくなった。それを近所の仕事仲間が聞きつけて、助けてやろ

うということになります。十人の仲間が援助のために、この夫婦の家にそれぞれ十両ずつ持ってくるわけです。ところが、持ってくるだけじゃなくて、そこでなぜか宴会が始まってしまう（笑）。とにかく年末は酒盛りなんです。それで、酔っ払ったりしてぐしゃぐしゃな状態で挨拶もしないで、皆帰って行ってしまう。

呆然としながらも、夫婦は「さあ、百両手に入ったことだし、これから支払いの計算をしよう」ということで、先程百両入れておいた升を神棚から下ろして見てみると、何とお金は一両もなかった。盗難事件ですね。なまじ、もらったお金をなくしてしまったわけですから、今度こそもう救われません。一家心中しかけて騒ぎになる。それで、十人がまた集まって「いやあ、自分達が援助したのに、それを盗るなんて。でも、犯人はどこにいるんだろうな。これはもう我々ではどうにもならんから、お上に訴えて任せよう」ということになります。

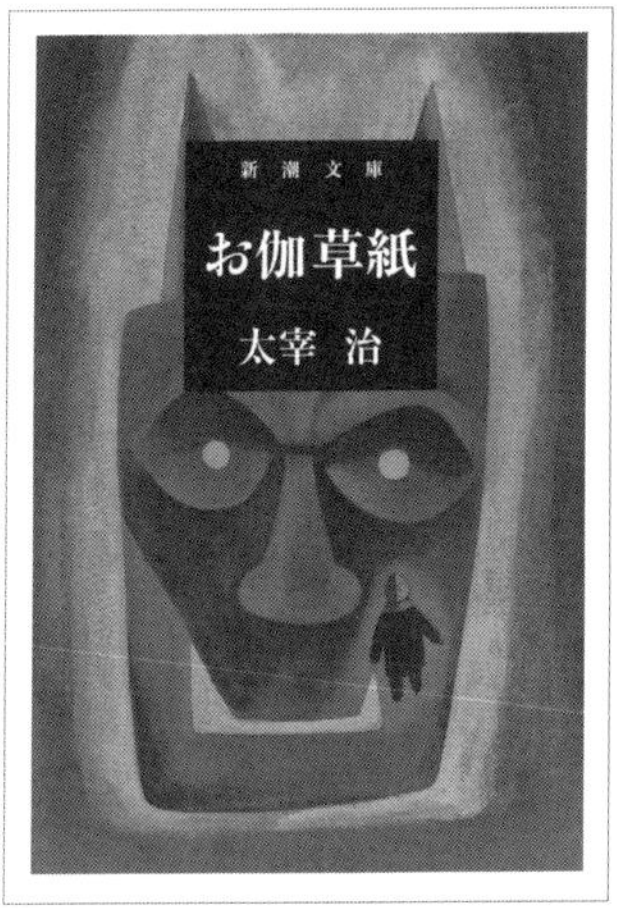

年が明けてから、お奉行がこう言ってきます。「十人の男達はそれぞれ、奥さんか、あるいは姉でも妹でも、とにかく近親の女性を一人連れて来い」と。で、十組の男女が奉行所にやって来た。すると、お奉行では、大きな太鼓に棒を通して、それを男女に担がせるという非常に奇妙なことを命じます。一日一組で、町の中心部から郊外にかけて決められたルートを廻って担いで来い、と。これはまた奇妙なお咎めだな、ということになるんですが、さて、これでどうやって犯

人を捜し当てることができたか。

鮐田　太宰の方と大筋は同じですね。今、お話を伺っていると。

木村　はい、この辺りまではほとんど一緒です。鮐田さんも太宰の方を最後まで読んでいらっしゃるから、この種明かしをご存じなわけですが。順に担いで行く中で、ある日、担いでいるうちの一人の女房が、「お金を援助しながら、こんなひどい目に遭うなんてどういうことや」と、旦那を非常に激しく罵った。すると旦那が、「もう少し我慢しろ。百両手に入れるのはなかなか大変なんだから」というようなことをぽろっと漏らした。このやりとりをなぜかお奉行は知ったわけです。なぜ知ることができたのか。おわかりですよね。

鮐田　そうですね。これ、種を明かしてしまっていいのかどうか。

木村　もう最初から明かさざるを得ないですよね。太鼓の中に子供が入っていて、全部聞いていた。

鮐田　スパイみたいなものですね。

木村　盗み聞きというのは、西鶴の他の作品にも出てきます。結局、そのように犯人は判明します。犯人は呼び出されて、「一度はお金を恵んだ側でもあるし、命は助ける。ただし、都を出て行け」と言われ、夫婦は東西に別れさせられる。最後はこういう罰で終わります。

この話の面白いところは、夫婦二人きりにさせると必ず本音が出てくる、ということですね。騒動に巻き込まれた女達が男達に激しく愚痴を言うことも、それに対して男の側がうっかり本当のことを言うだろうということも、予測がついている。ですから、このお奉行は人の心理に非常に長けていて、いわゆる大岡裁きと同じ。そういう人だったという話になります。以上が、西鶴の原典のあらすじです。

描き込まれる罪と罰

木村　飴田さんは、太宰の話の方を読んで下さったんですが、今のあらすじと聞き比べてみて、どういう違いがあると思われました？
飴田　太宰の方は単純な犯人捜しの話ではないな、という印象を受けました。
木村　そうですね。何か付け加わっている感じです。
　全体に太宰は、骨組みだけみたいな西鶴のお話に色々肉付けをして、最後まで具体的に書き込んでいます。例えば百両盗られた時、奥さんが旦那に愚痴るんです。〈十人が十人とも腹を合せて、あたしたちに百両を見せびらかし、あたしたちが泣いて拝む姿を楽しみながら酒を飲もうという魂胆だったのですよ〉とか〈恨み死を致します〉とかね。原典の方の奥さんは楚々として旦那の心中の提案につき合いますが、太宰の方の奥さんはこんな風にかなり文句を言う。それに対して、夫がまあまあと言ってなだめるような感じ。
　でも、この奥さんの言葉、ちょっと読むと被害妄想のようにも思えますが、実はそうではない。実際にその酒盛りの席で、この十人の男達は、〈人を救ったというしびれるほどの興奮から〉酒をぐいぐい飲んだり、〈この酒は元来わしが持参したものだ、飲まなければ損だ〉と大変いじましいことを言っていたりします。こういうディテールを全部、太宰が書き込んでいるのです。すると、せっかく人助けのためにお金を持ってきたのに、何だかそれを台無しにするような酒盛りになっちゃっている。そこが非常にはっきりしてきます。

それに沿うような形で、このお奉行はまさにそのことをごく最初の段階で言い当てています。つまり、十組の男女をお白洲に呼んだ時に、〈人の世話をするなら、素知らぬ振りしてあっさりやったらよかろう。救われた人を眼の前に置いてしつっこく、酒など飲んでおのれの慈善をたのしむなどは浅間しい〉、その〈罰として〉今日から順番に太鼓を担げ、と言うんです。

飴田　誰かがお金を盗んだこと以前の問題として、罰を与えているわけですね。

木村　そうです。だから、犯人に対してだけの罰ではない。十組全員に対してです。元々犯人捜しの手段だったところに、偽善に対する罰という意味が加わったわけです。ところが、ちゃんと言葉で知らせたのに、この十組の男女の大部分にはその意味が全然伝わっていなかった。

太宰の作品のタイトルは、「赤い太鼓」です。赤色というのは、西鶴の原典には出てこないですね。

飴田　あっ、そうなんだ。

木村　「大きな太鼓」としか書いていない。

飴田　「赤い太鼓」ではないんですね。

木村　そうなんです。太宰の方は、真っ赤で、しかも天女の舞っている金色の絵がばーんっと描かれていて、とても恥ずかしいんですよ。実際、本文にも〈てれくさくって思わず顔をそむけたいくらい〉と書いてある。そんな恥ずかしい物を夫婦で担がされて、晒し者にされる。

飴田　町を練り歩かなきゃいけないわけですからね。

木村　見物人には「よう、御両人！」とか言って囃し立てられたりするわけです。それで、女房達の文句も一筋縄ではいかなくなってくる。本当に腹が立って、色んなことを言っていますよ。「お金をあげた奥さんに、あんた気があったんじゃないの?」とか。あるいは、「皆に見てもらえるのが嬉しくって、あんた、出がけに何回も着替えていたでしょう? 薄化粧までして」とか。恥ずかしい会話をもういっぱいするわけです。

飴田　夫婦間で担ぎながらね。

木村　全体としては、〈いい見せ物にされて〉と言って女達は怒っている。でも、これこそお奉行の思惑だったわけですね。というのも実際、十人の男達は、お金を恵んでやった夫婦を酒の肴みたいにして、彼らを〈見せ物〉みたいに前にして、いい気持ちになって酒を飲んでいたのです。だから、お前達も彼らと同じように、晒し者にされるのがどういうことなのか思い知れ、と。そういう意味の罰として反省させようとした。ところが、彼らのやりとりからは、微塵もそんな反省の様子は窺えなかった。太鼓の中でそれを全部聞かれ、逐一その状況はお奉行に報告されていたわけです。

罰はどこに行ったのか

木村　さて、お白洲でのお裁きとなります。

原典と違うのは、太宰の方は、犯人だけじゃなくて十組共全員呼び出した点です。皆ものすごく不機嫌なんですよね。「何でこんなことしなきゃいけなかったんだ?」という感じで。

ところが、お奉行の方はにこにこして、こう言います。

〈いや、このたびは御苦労であった。太鼓の担ぎ賃として、これは些少ながら、それがしからの御礼だ。[…] このたび仲間の窮迫を見かねて金十両ずつ出し合って救ったとは近頃めずらしい美挙、いつま

でもその心掛けを忘れぬよう。〉

あれっと思いません？

飴田　太鼓を担がせる前は、「罰として太鼓を担がせるんだ。お金がなくなった云々以前の問題として、貧乏な夫婦を見せ物にして、皆で酒を飲むなんて」ということだったんですよね。あの時のお奉行はお怒りだったのに、今は褒めていますよね。

木村　前に言うたこと、忘れたんか、みたいな。ここがこの作品の一番わからないところ、謎です。この謎は後で考えましょう。

この後、おもむろに種明かしが始まる。これは原典と同じで、「ところでこの中の一組、突然、女房がものすごく激しく罵り出して、それを亭主がなだめているうちに、こんなことを言い出した」と。「あの太鼓は重かっただろう。あの中に小坊主を一人入れて、全て彼から報告を受けている」と、すうっと種明かしに入っていくんですね。

最終的に太宰の方は、「お金を本人達の所に返せ。その後は当人の心次第だ。恥を知る者なら都から自発的に出て行け」と。お上としては、「とやかくのお指図はしない」と。つまり、本人の良心に任せるという形で、お裁きは終わります。

これは一応犯人捜しの話なので、今、二つのことが同時に進行しています。問題は、犯人夫婦以外の九組の心がどんな風に動いているかということです。先程問題にしたように、お奉行は、〈御礼だ〉と言って担ぎ賃を出しました。恐らく彼らはもう不満いっぱいですから、当たり前のような顔をしてお金を受け取ったでしょう。「こんなのじゃ、ちょっと足りんよな」とか思いながらかも知れません。ところがその後、お奉行は「お前達の会話は全部筒抜けになっていたんだ」と言ったのです。たとえそのやりとりが盗みに関わる会話でなくても……どうですか？

聞かれていなかったと思っていた話が、誰かに全部聞かれていたっていう経験ありますか。私は、実は一回だけあるんです。大した話ではなかったけれど、誰かがそれを聞いていたことを知った時のショックというのは、相当なものです。その時、どのように心が動くかというと、真っ先に、あの時どんな話をしただろうなって振り返るんですよ。その中のちょっとした話、面と向かって話をしている者同士では何の問題もなくても、それを誰かがこっそり聞いていたと知ると、今更ながら自分を外側から見る目がおのずと働きます。

彼らの場合も、たとえ犯人じゃなくても、自分のことを振り返って、どんなに卑しい会話を奥さんとしていたかを自覚せずにはいられなくなる。お奉行の意図はまさにそこにあったと思うのです。彼らは褒められ、お金を出され、当たり前みたいな顔をして受け取った。その直後、自分達の会話を即座に思い出すことになる。この流れで一層動揺しますよね。やはり多少なりとも、恥ずかしいとか、色んな思いをすると思うんです。

お奉行は、最初の段階では言葉で「罰として太鼓を担げ」と言いましたが、それは全然伝わらなかった。言葉で駄目なんだったら、これはもう本人に自覚させるしかないということで、殊更にこうした流れをつくって彼らの心を揺さぶった。お奉行の目的の一つは、彼らの慈善の偽善ぶりを自覚させることにあったわけですから、そういうやり方を取ったと。

今、偽善ぶりに自分の心の動きで気づかせると言いましたが、これは要するに、各々の良心に期待するということです。これは、先程見たように犯人捜しについてその人自身の良心に任せるという判断と、ぴったり重なり合っています。お奉行は、二つのことを同時に同じやり方で裁いたことになります。原典のお奉行も賢かったけれども、太宰の方ではさらに進んで、人間の心の動きをもっと先取りできるお奉行だったという話になるんじゃないでしょうか。

昔なら、何か悪いことをやればそれを罰して終わり、という形なのかも知れないけれど、今の私達も含めて、人が心底反省するためには、結局、自分でそれに気がつかないといけないわけでしょう。外側から与えられるだけの罰ではどうにもならない。外から与えられても、それを自分が本当に性根に入れて、なぜ自分はこういう罰を受けなければならないのか本当にわからないと、それは罰せられたことにもならない。そういう話かなと思います。

飴田　皆で宴会をやったというのは罪にならないんですよね。お金を盗ったというのは罪になりますけど。罪にならない罪を罰していますよね。

木村　そこはすごく大事な点ですね。そのままスルーしてしまいそうなところ。それは法的には全く問題がないことだから、普通だったらお奉行は罰しないわけです。だけれど、そこにまさに問題があるとしたところも、この作品の大事なところです。

飴田　太宰作品には、パロディが結構多いんですね。やはり太宰らしいアレンジ。ちょっと皮肉をこめて、人間ドラマのようなものを描いているんですか。

木村　そうですね。かなり詳しく比べて読まないと見えてこないものもありますが、誰もが知っているお伽噺をアレンジした『お伽草紙』なんかは、読むだけで十分面白いと思います。

飴田　これを機会に、他のパロディも読んでみられるといいかも知れませんね。
木村　ぜひ。お薦めします。

（二〇一三・一二・一二　放送）

14 石川 淳『灰色のマント』

◎初出：『中央公論』一九五六・二
◎テキスト：内田康夫編『森の聲』一九九五・八、角川ホラー文庫（絶版）

戦後を支える戦中世代

飴田　八月十五日は終戦記念日ですが、今日は、終戦からわずか十年ちょっとしか経っていない時に書かれた小説を取り上げて下さるのですね。
木村　はい。一九五六年は、「もはや戦後ではない」というあの有名なフレーズが出た年です。
飴田　けれど、終戦から十一年しか経っていないわけですよね。まだまだ戦争の傷跡というのは生々しかったんじゃないかなと思うのですが。
木村　何よりもそれを経験した人間が生きていますからね。
飴田　そんな状況で書かれた石川淳の『灰色のマント』という短篇を取り上げます。まずは、この石川淳という作家についてご紹介頂けますか。
木村　意外と知られていないみたいですね。
飴田　私、実は初めて読みました。
木村　それはすごく意外です。

昭和一〇年代から四〇年代、つまり戦前、戦中、戦後と、かなり活動期間の長い作家でした。芥川賞も受賞しています。第一回から第三回の芥川賞では太宰治が、欲しい欲しいと言って大変お騒がせをしたのですが（笑）、石川淳がとったのは、その後の第四回。フランス文学の翻訳もしましたし、戦時中は江戸文学の研究、評論、翻案……色んなことができた人で、もっと読まれていいと思います。

一般に彼は、今出てきた太宰や坂口安吾と共に、無頼派あるいは新戯作派と呼ばれました。無頼派と言うと、酒飲んだくれて周りに迷惑かけて、みたいなイメージがあるかも知れませんが、一言で言えば、反俗。生活にも表現にも本来の自由を求めようとする立場で、戦後、既成の道徳に不信感を持った人々に支持されました。

今回読む作品にも、戦後に対する彼の考え方が実によく表れています。お話をざっくり申し上げます。今は妻子と平穏な生活を送っている、又一という主人公がいます。日曜日の朝、彼の家に将校マントをまとった亡霊のような男が突然現れる。十三年前に彼が戦地で犯した強姦殺人の罪を思い出させるのです。男はいったん姿を消しますが、その後、家族サービスで又一が妻子と一緒に温泉でくつろいだ帰りの電車の中に、再度現れます。今度は、又一は彼を退散させられず、決定的な危機が訪れる、という話です。

この主人公がどういう立場にいるかを知るために、作品が発表された一九五六年前後のことを少し振り返ります。

ご存知のように、日本は、朝鮮戦争あるいはアメリカの色々な政策のおかげで、大変な勢いで復興します。一九五四年には自衛隊が発足します。それから第五福竜丸事件というのがありますね。ビキニで水爆実験があったと。広島、長崎と来て又もや、ということで、日本で原水爆禁止運動が始まります。それから、一九五六年には沖縄返還運動が本格化します。そして翌年は岸信介内閣が発足して、安保条約に対する反対運動が始まる。

このように見てくると、市民運動が初めて起きて、戦後の民主主義というものがぼつぼつ定着していく時期であるということがわかります。それからもう一つ、最初に紹介したように、『経済白書』が「もはや戦後ではない」と記したのが、この一九五六年です。本来、戦前並みに経済が回復したという意味らしいのですが、私達は「もう戦後じゃない。新しい時代がやって来た」とよく読み取ります。

こういう社会を支えているのが、主人公の又一のような戦争体験者なんですね。彼は、十三年前に少尉という立場でした。現在は証券会社の課長をやっている。つまり軍隊経験のある人達が社会の中枢を支えるようになっている。そういう時代なんです。

呼び戻される戦中の記憶

木村　軍隊経験というのは――私も飴田さんももちろん直接知らないわけですが――、本などを読む限り、それはそれはえげつないわけです。理性とか合理的な判断というものが全然通用しない世界ですね。やることが強引で、命令が全てであって、それに従わないのは気合が入っていないからだ、という。精神的にも肉体的にも極限状況に追い詰められて、結果的に思考停止せざるを得ない。言われるがままに動くしか生き延びていくすべがなかった。こういう異常な過去を封じ込めて、今を生きていかなくてはいけない。それが今の又一の状況です。彼らが何を思って、今を生きているのか。そこで小説の出番です（笑）。これこそ小説が描くべきことだと思います。

謎の亡霊のような男がやって来て、〈十三年前の日曜日をわすれたか〉〈あの娘を殺したことをわすれたか〉と言うんです。それによって又一は記憶を呼び戻させられる。

当時、彼は何人かの兵士を連れていました。これは恐らく、フィリピンかどこかの南洋諸島ですね。教会に女性達が集められていた。匿っていたんでしょう。そこに、本来なら兵士達を制止すべき立場であった又一も含めて、彼らは乗り込んでいき、暴行をしてしまうわけです。当時、又一は今の奥さんに当たる娘と婚約していて、今暴行しようとしている娘と婚約者とが一瞬重なります。十七歳位で、婚約者と同じように十字架を身につけていた。しかしと言うべきか、だからと言うべきか、彼女の首を絞めて暴行に及んでしまった。この記憶を引きずり出されてしまったわけです。今、せっかく平穏に暮らしているのに。

そこで、又一は一生懸命、この記憶を追いやろう、忘れようと思って、あがき始めるわけですね。で、忘れようとするその心に加担してくれる人がいるのです。

飴田　妻ですよね。

木村　そうなんですよ。奇妙なことに。

恐らく又一は、自分一人でその秘密を背負っていることがもうしんどくなったんでしょう。それで、温泉で奥さんに、「もし俺がこんなことを戦時中にしたとしたらどうだ」と、仮定の話として持ちかけます。すると、奥さんは「いや、そんなことは方々で聞いた。珍しくない話だ」「あなた、そんなことを言っているけど、嘘でしょう。錯覚でしょう」と言うんですね。

木村　多分、当時の世間全体がそうだったのかも知れないですね。

飴田　この奥さんの反応、私、えっと思いました。全然驚かないんだ……。

木村　そう思いました。

飴田　最も近しい旦那にそれを言われても、こういう風にしか返さない。

木村　「世間ではよくある話でしょう?」という感じですよね。

飴田　一般論として片づけてしまいたいという思いもあるんですね。彼女としても今の生活を守りたいわけでしょう。だから、そんなことはとても信じるような話にならないと、追いやってしまうわけです。

又一も、今の自分は、どう考えても現実に今いる自分だ、それに引き換え、過去の自分と娘というのは、他の誰かでもよかったんだ、だから、今の自分と過去の自分を結びつける必要はないんだ、と。むちゃくちゃな理屈ですよ(笑)。

飴田　むちゃくちゃな理屈が書いてありました(笑)。

木村　それをくそ真面目に信じようとするからすごいんですけど。一瞬、これに説得されそうになるとしたら、私達も怖いですよね。そういう妙な屁理屈で正当化しようとして、帰りの電車でも一生懸命に奥さんの言葉を思い出して納得しようとする。

十円玉とは何か

木村　話の九割方までこういう感じで進むんですけども、この後、大変不思議な小道具がぽっと出てきます。帰りの電車の中、またあの怪しい男が登場しますが、その男に対して、あるものが与えられるわけです。十円玉なんですね。

実はこの十円玉、話の冒頭で又一がマントの男に対応しきれないでいる時に、女中さんが途中で割って入って〈これで、かえって〉と言って、ぽんと渡すものなんです。すると、男はあっさり退散します。「なんなんだ、あれは」「いや、押し売りですよ。昔の戦争の話でもして脅すんでしょう」「ああ、そうか」と言って、それでいったん決着がつきます。

飴田　その時はね。

木村　ラストでもう一回、電車の中にこの男が現れた時に、又一はその朝のことを思い出して、もしかしたらと思って、女中さんがやったのと同じ行為を繰り返すんです。十円玉をぽんと差し出す。

ところが今度は、男は退散するどころか、十円玉がなぜか又一自身に戻ってきてしまう。さらにあちこちから、周りの人達が手のひらに十円玉を載せてくれるという、わけのわからないことが起きます。さらには、自分自身がマントの男になってしまっているという異常な事態が。又一の側からすると、そういう状況になっている。奥さんの側から見ると、又一の容体が急変して倒れてしまう。そこで話は突然終わるんです。

最後に、どどどっと何かが起きているのですが、それは何なのでしょう。この十円玉というのを考えてみたい気がします。

私達の小さい頃に〝ぎざ十〟とか言って集めませんでしたか。ちょっと古いものは縁がぎざぎざでしたよね。

飴田　ああ、そうですね。集めている友達はいましたね。

木村　十円玉は戦後できたものなのですが、それまでは紙幣でした。一九五一年に今の銅貨の十円玉が決まって、これが二年位で広く流通し、紙幣と交換されていきます。一円未満のお金ももう使ってはいけないことになって、インフレに対する対応として、貨幣、お金の整備がこの時期に完了するんです。ちなみに当時、ラーメン一杯が八十円位だったそうです。お給料等で換算するとまた違ってくると思いますが、そこから考えると、当時の十円は今の百円程の値打ちもないということですね。六、七十円位でしょうか。

では、この話で十円玉とは何なのか。先程「もはや戦後ではない」というフレーズを挙げましたが、要するに、戦後の色々な処理の完了、特に経済の基盤が整ったというのが十円玉の意味ではないのかと。戦後以降の新しい価値の象徴のようなものとして、まず十円玉を考えられるかな、と。しかも、それは非常に安価なものなんですね。

これが戦時中の罪を思い出させる男をいったん退散させることができるとは、どういうことでしょうか。

飴田　十円玉が戦後の象徴みたいなものだということと、関係あるのですか。

木村　あると思います。これを出されれば、「はい、もう戦後ですよ」。そして、もう戦後さえ終わったと言っているんでしょう？「もはや戦後ではない」んだから、「もう戦争中のことは忘れればいいですよ、今が大事ですよ」という免罪符みたいなところがありませんか。

しかも、すごく安直なんですよ。ラーメン一杯八十円の時の十円ですから。罪を清算する当座の簡単な手段、合理化を助けてくれる理屈みたいなものかなと思います。

飴田　なるほどね。

木村　そう考えると、世間、周りが次々と自分に十円玉を与えてくれるというのは、すごくよくわかるでしょう？

飴田　わかります。「もう忘れようよ、忘れようよ。忘れていいんだよ」と。

木村　そうそう。でも、又一は、それをもらったら楽になれたかというと、全然なれていないんですよね。そういうところが大切だと思うんです。

免罪する世間・忘れられない自分

木村　ところで、先程ちょっと言いましたが、又一の罪の合理化を直接助けてくれたのは誰だったかというと、

飴田　奥さんですよね。

木村　この奥さんと、マントの男をいったん十円玉で追い返してくれた女中さん。これは、よく似た意味を持ちます。だって、十円玉は免罪符でしょう。〈これで、かえって〉と言って又一の罪をいったん遠ざけてくれるわけじゃないですか。

この女中さんと奥さんは、存在として非常に近い。そして、又一にとってこの二人の意味はすごく大事だと思いますね。なぜかというと、あの暴行に及ぶ際、又一の中で相手の娘と婚約者つまり今の奥さんは、一瞬重ね合わせられていました。彼女は十七歳だったということになっている。しかも、この女中さんも十七歳と設定してあります。そう設定したのはもちろん作者で、ここには色濃く作者の意図が表れているんですね。この女中さんは十七歳じゃないといけないわけです。今十七歳である女中さんと、当時は十字架を身につけて婚約者だった奥さん、この二人を合体させれば、又一の罪の対象、殺されていった娘に果てしなく近い存在になっていくのです。本来だったら彼女達というのは、又一を最も許せない娘の代理人と言ってもいいはずなんですね。

ということは、ひっくり返せば、娘に最も近い彼女達に許してもらえれば、又一は一番安心できるわけです。いわば彼を最も許し難い存在に、彼は許されているわけです。代理人ですけれどね。実際に追い返してくれたし、言葉で免罪もしてくれた。でも、それはどこまでも一時的なものでしかなかった、という話になっていくのではないでしょうか。

もちろん、今言ったようなことを又一は自覚しているわけではありません。十円玉で帰ってほしいと思って本能的に出しただけです。でも、十円玉は戻ってきてしまった。既に最初の箇所で、マントの男は十三年前の自分にそっくりだ、とありました。要するに、十円玉が戻ってくるということは、マントの男と現在の自分自身は同じなんだということです。又一は一生懸命分けよう分けようとしていたけれども、結局つながってきてしまう。

さらに言えば、それが戻ってきてしまうというのは、結局、それが免罪符になっていないということですよね。自分で自分を合理化しようと思うのだけれど、それはできない。自分に嘘はつけないのです。周りがいくら許してくれようが、世間が許してくれようが、あるいは娘の代理のような存在が十円玉とか一般論で自分を免罪してくれようが、それとは無関係に、自分はそれをどう引き受けるかという課題が、ここには残されている。

飴田　忘れたくても忘れられないことですよね。

木村　そうなんですよ。忘れないでおくということ、忘れないで生き続けることが、彼に課せられた罰なのです。だから、「忘れたか」と言ったのは――そう問うたのは彼自身だったのですから――、彼の良心だったのかも知れないのです。ところが自分の中の良心に対して、彼は十円玉で返しちゃったわけです。「忘れたか」という問いに対して、「忘れさせてくれ」と自分から自分に答えを返してしまった。これが致命的だった。

飴田　石川淳というこの作家は、十円玉をすごくうまく使っていますよね。

木村　そうですね。フランスの象徴主義の影響を強く受けていますし。こういう小道具の使い方がすごい。

　こう読んでくると、この話は個人の責任を詰問し、問い続けている話のように読めます――もちろんそういう性格はあるのです――が、それだけじゃないんですよね。

飴田　十円玉がいっぱい集まったというところですね。

木村　そこです。「みんなそうだったんだよ。戦時下だったんだから」と皆が免罪していく。無責任な世間です。

飴田　そういうことになりますよね。

木村　こういう人達は、どうかすると全く真逆のことを言う可能性もあります。例えば、戦地から帰ってきた人達に対して「お前達は向こうでどんなことをやったんだ」などと自分の責を棚上げして冷たい非難を浴びせかける可能性だってあるわけです。

十円玉がこの話の中に出てくることで、単に個人の責任を追及している話だけではなくなる。十円玉は、戦後処理の象徴だったんでしょう。戦争に対して戦後の日本がどう向き合ったということを、十円玉一つで大変うまく表現している。

飴田　反省すべき時に、あるべき姿できちんとした正しい反省のしかたをして来なかったのかなと思ってしまいますね。個が、ではなくて、社会全体が、ね。

木村　そうです。何も向き合わなかったのか、と。もちろん、政治的な色々な力が働いて、そうさせなかったと思いますけどね。

学生時代、「こんなことがあって、あんなことがあって、こんな風に人間は変化してきました。色んなことがありました」というのを知ることが歴史だ、と思っていたんですね。ところが、歴史以外の分野である国語学の先生が授業で、「歴史というのは、変化しないものを知ることだ」と不思議なことを仰ったんです。私は当時、その意味が全然わからなかったのですが、この歳になって、過去、特に戦後の色々なことを知っていくにつけ、ああ、変わっていないな、と。ここまで人間は変わらないで繰り返すのか、と。だって、水爆実験でしょう？　沖縄返還でしょう？　それで安保問題でしょう？　自衛隊でしょう？いつの話か、と思いませんか。

鮎田　六十年前と今がすごく似ているという……。

木村　やはり徹底的に反省しなかった、振り返らなかった。そういうことを知らせてくれるのが小説だったり、本だったり。それだけはずっと生き続けるわけですから、いつでも振り返ることはできるんですよ、私達は。

鮎田　読む側が、受け手側が能動的にそれをチョイスできるかどうかですよね、後は。

木村　ええ。

（二〇一六・八・一一　放送）

15 オー・ヘンリー『警官と讃美歌』『改心』

◎初出：*New York Sunday World Magazine*, Dec. 1904 / *The Cosmopolitan Magazine*, April 1903
◎テキスト：『オー・ヘンリー傑作選』大津栄一郎訳、一九七九・一一、岩波文庫

捕まりたかった男の顚末

鮨田　寒の入り、寒い日が続いています。今日はある男のちょっと変わった越冬計画を描いた物語、オー・ヘンリーの短篇集の中から、『警官と讃美歌』を取り上げます。

木村　冬をこんな風に過ごそうとした人がいるという、そういう物語です。作者のオー・ヘンリーのことから少しお話しますけれど、まず、この名前。オーって、私は長らくイニシャルだと思っていた。

鮨田　違うんですか。

木村　違うんですね。オーで、もうそのままみたいなんですね。オー・ヘンリーまるごとで、ペンネーム。

鮨田　オーって、ＯＰＱＲの、あのオーと書きますよね。

木村　だけど、略称ではないんですね。

アメリカで一番有名な短篇作家の一人と言えるでしょう。実に色んな仕事に就いています。結構苦労していますが、銀行に勤めていた時、自分がやりたい出版のために銀行のお金を流用したという疑いで、

後に告発されて――今日の話に関係しますけれど――、刑務所に三年余り入っていたことがある。そんな経歴の持ち主です。

飴田　そんなご経験もきちっと作品にしていらっしゃるんですね。

木村　もう、作家ってそういうもんですよね。転んでもただでは起きない。それが契機になったと思いますが、出所後、ニューヨークで色んな階層の人達と会って話をして、物語を聴き取るわけです。それと、彼自身の経験。これらからその後、沢山の短篇がつくられた。

飴田　『最後の一葉』とか『賢者の贈り物』が有名ですけれど、それ以外にも素晴らしい短篇が沢山ありますね。

木村　日本語に訳されているものも大変多いですね。彼の作品の特徴は、会社の社長をやっているようなものすごい金持ちから、果ては路頭に迷うような極貧の人まで、とにかく主人公の階層の幅が大変広いということです。『警官と讃美歌』の主人公も定職を持たない男です。まず、あらすじからお話しします。

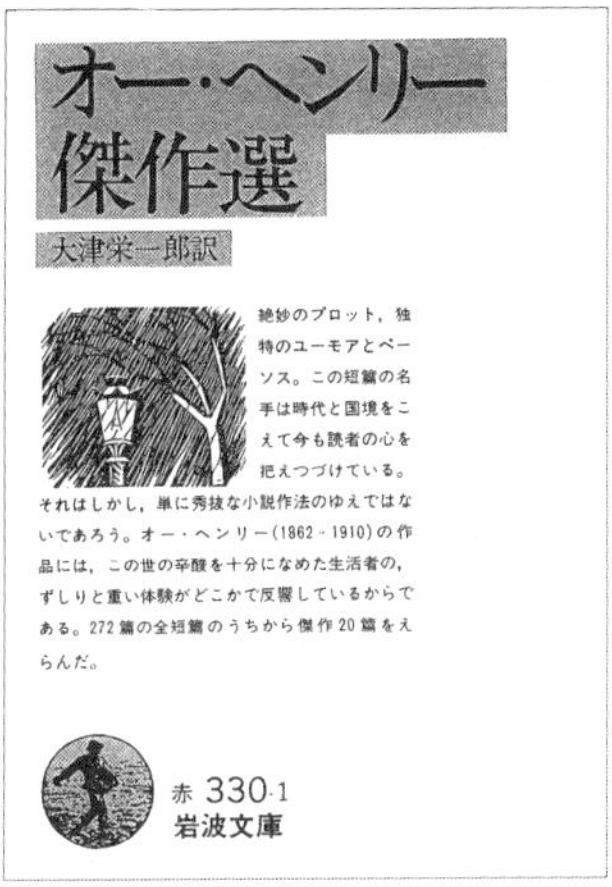
オー・ヘンリー傑作選
大津栄一郎訳
絶妙のプロット，独特のユーモアとペーソス。この短篇の名手は時代と国境をこえて今も読者の心を把えつづけている。それはしかし，単に秀抜な小説作法のゆえではないであろう。オー・ヘンリー(1862～1910)の作品には，この世の辛酸を十分になめた生活者の，ずしりと重い体験がどこかで反響しているからである。272篇の全短篇のうちから傑作20篇をえらんだ。
赤 330-1
岩波文庫

厳しい冬がやって来るというので、それを越すために、これまで何度も刑務所を利用してきた男がいました。そこへ行けば、とにかく別荘のようなもので、食べ物は困らないし、ベッドはあるし、気の合う仲間もいるし、この冬もまた何とか三ヶ月過ごしてやれ、と。

そのためには適度に悪いことをやって警察に捕まるのが一

番いい。というわけで、まず彼が考えたのが、高級レストランでありったけの無銭飲食をする、というもの。もう食べるだけ食べて捕まる。その後、ベッドが待っている。これは最高ですよね。で、それなりの恰好で入ろうとするんだけれども、素性を見破られて入れてもらえない。しかたがないから、他に色々やるんですね。ショーウインドーに石を投げてみたり、酔っ払いのように騒いでみたり、女の人に声をかけたり、傘を盗んでみたり。でも、何をやっても捕まえてもらえないわけですよ。段々腹が立ってくる。

俺は何をしても罪にならない。王様みたいに扱われているのだろうか、とか思いながら、町外れの静かな教会の前までやって来る。すると、そこから、昔なじんでいた讃美歌のオルガンの音が聞こえてきます。

ここで突然、彼は自分自身を振り返ります。こんな生活に落ち込んでしまった理由とか、過去の色んなことを振り返って、「よし、もう一回ここからやり直そう。俺はまだ若いし、仕事もちゃんと探そう」と思うわけです。反省するのです。

ところが、その途端、彼は腕を掴まれる。警官だったんですね。〈ここでなにをしとる〉と聞かれます。〈別になにも〉〈じゃあ、来てもらおう〉ということで、突然彼は捕まえられて、翌朝、裁判所で禁固三ヶ月という判決が下る。これは彼が元々望んでいた、まさにその、

飴田　刑の期間ということですよね。

木村　そう、ぴったりだったわけです。この最後の部分、今読んだようなやりとりしかない。原文もそうです。私が読んだのは岩波文庫ですが、飴田さんがお持ちのこの本では、罪名が一応書いてあります。

〈浮浪罪で逮捕する〉と。
飴田　そう。岩波少年文庫です。
木村　金原瑞人さんの訳。これは恐らく子供向きに補ったのでしょう。理由は何であれ、改心しようと思った途端に逮捕されるという展開は、すごく唐突ですよね。
飴田　はい。これを読んでいても唐突で、突然、警官が現れて腕を掴まれて、という。
木村　そうですよね。だって、逮捕されるタイミングは他にもあったわけでしょう。散々悪いことをしている間は何も逮捕されないのに、なぜここで、と思います。
　その流れで見てくると、全体の印象としてこの話をどのように読まれますか。
飴田　まずは、何て皮肉な話なんだろうと思ったんですよね。捕まりたい時は捕まらず、捕まりたくない、改心した途端に捕まってしまうって、何て人生は皮肉なんだ、と。
木村　本当に。あべこべというか、逆さまの世界というかね。今仰った点はすごく大事なところで、特に、心を入れ替えた途端に罰せられる羽目になる後半をもうちょっと考えてみます。

改心と罰の順序は

木村　普通に考えた場合、刑務所に入るとか刑罰を受けるのは、そもそも何のためですか。
飴田　まずは、罪を償うため。そして、心を入れ替えるためですよね。
木村　そうですよね。まさに、悔い改めて改心するために刑務所に入る。つまり順序として、まずは刑務所へ入ってから、改心。これが公の望む順序なんです。そうじゃないと刑務所とか刑罰の存在理由がなくなってしまいます。罰する意味がなくなりますから。
　ところが、この話の場合は先に改心が来る。すごく個人的に、唐突に心を入れ替えるというのが先に来てしまう。その後で刑務所に入れられる。順番が逆じゃないですか。
飴田　逆ですね。
木村　すると、この男にとっての刑務所の役割はどうなると思われますか。
飴田　やはり改心した位では罪は許されないというか、改心するんだったら、これまでの罪をとりあえず償うというか、「世の中そんなに甘くないよ」というメッセージなのかな、と思ったんです。まずはリセットしないと。今までの罪をとりあえず償ってから、「はい、改心して下さい」ということなのかなと思ったんですよね。
木村　その場合の償いというのは、刑務所に入ることで償う、社会的に償う、ということですよね。それをしないとやっぱり駄目という意味合いで、最後に捕まったと。
飴田　はい。
木村　なるほど。もう一つ考え方があると思うんです。というか、この人の心の動きとして、せっかく心を入れ替えたのに何でやねん、理不尽ではないか、と。俺はもうこれから真人間になるんだと思ったのに、何でまだ刑務所に入らなきゃいけないんだ、と拗ねてしまう。
飴田　それはあり得る話ですよね。
木村　もし、そういう思いで刑務所に入ったとしたら、この後の三ヶ月はどうなるでしょうか。そもそもこの男は刑務所に入りたかったんですから、当初の目的、寒い冬を凌ぐためのバカンスに逆戻りしてしまう可能性がある。改心の場ではなくて、最初の段階へ戻ってしまう。

このように、鮎田さんが仰ったのと、私が言ったのと、二通り考え方が出てきます。私的な改心だけではなくて、やはり公的に罪を償う必要があるという考え方と、この順序で来られてしまっては、せっかくの改心も台無しだという考え方と。どっちがリアルなのかが問題になると思います。

要するに、ここまでで言えるのは、この男にとって刑務所という場が、教会で唐突に生じた改心が本物になるかどうかを試す場所になるということですね。それと、元々、刑務所を居心地のいいバカンスだと思っていたわけでしょう。その自前の意味づけを、彼は本当に乗り越えられるかどうか。なかなかハードルが高そうですよ、これ。ところが、この後、彼が何を思って服役して、何を思って出所したかは何も書かれていません。もうここで話は終わってしまいます。

鮎田　判決が下るところで終わるんですよね。

木村　そうです。だから、私達はその書かれていないところに想像を働かせて、それで初めてこの話の意図が見えてくる。まあ、謎かけがなされて終わっているわけですよね。

これだけでは、ちょっと読みきれない。こういう場合、幸いにもオー・ヘンリーには似たようなプロットの短篇もあるので、他の作品を読むことによって、その謎が解きほぐせることが多いと思います。

『改心』から再考する

鮎田　「迷った時は、同じ作家の別の作品を読め」と。そこにヒントが隠されているということですね。

木村　そうです。次に読む作品は、『よみがえった良心』。岩波少年文庫ではこういうタイトルになっていますけど、一般には『改心』とシンプルに訳されていることも多い、そういう短篇です。

主人公は金庫破りのプロ。これがなかなか恰好いいんですよ。だから、鮨田さん、ぜひ読んでみて下さい。惚れますよ(笑)。

スマートに金庫破りをやって来て、刑務所に入れられていましたが、裏から手を回して出所したところから話が始まります。だから、出てきても全然彼は反省していなくて、新しい生活を始める元手のために、また何回か金庫破りをします。

その後、別の町へ行って新しい生活を始めて、銀行家の娘との婚約までこぎつけます。とんとん拍子で話がうますぎる(笑)。で、今度こそ本当に足を洗おうと思って、金庫破りの商売道具を手放そうとした、まさにその矢先、婚約者の親戚の子供が完成したばかりの金庫室に閉じ込められるという事件が起きます。

しかし、彼はそこで商売道具を取り出して、この子供を救い出すわけです。周りに人がいますから、自分の過去が全部ばれて、結婚も駄目になることを覚悟の上で。この一部始終を見ていた刑事がいます。彼は、出所後の彼の行動をずっと追いかけて逮捕するつもりでいましたが、これを見て男を放免するんですね。許すわけです。

これはどういう話か。主人公は結婚するにあたって、道具をこっそり手放す準備をしていたわけですから、一応改心はしようとしていたのです。でも、それだけでは許されない。その次の段階、つまり、ようやく手に入りかけた自分の幸せを犠牲にするという覚悟で具体的にその行動を取った、自分を犠牲にして人の命を助けた――これは、『最後の一葉』のパターンですよね。何かを引き換えにする話は時々出てくるわけですけれども——、そこでようやく許される、改心が本物と見なされる、ということだと思います。逆に言うと、具体的な行動による犠牲の覚悟なしには本物の改心はあり得ないというのが、オー・ヘンリーの考え方だな、ということが見えてきます。他の作品を読むことでね。

で、最初の話に戻ります。

飴田　『警官と讃美歌』ですね。

木村　ええ。最後に出てきた、天から降ってくるような改心。今お話したことを踏まえると、これはてんで当てにならない、ということにならないでしょうか。

飴田　確かにね。教会で、讃美歌、オルガンを聴いて、「これからは改めよう」と思っても、一時的なものかも知れない。

木村　教会だったりするから、何か尤もらしいですけれど。そうなんです、何か当てにならんのですよ。そうすると、やはり公的な罰が贖罪のために必要なのかと、先程仰っていたように読みたくなります。でも、この二つの話の主人公、実はどちらも刑務所暮らしでは改心していないんですね。『警官と讃美歌』の方は、何度もそこで冬を越していて、また暮らしたいなあなんて思っているし、『改心』でも、出所してから早速金庫破りをしています。公的に強いられる罰もあまり意味がないというか、当てにならないことになってくる。

さらに、『改心』の方に出てきたように、それらとは別に、本物の改心があるわけですね。これは刑事が見逃した位、やはり価値があるものなのです。本物の改心であれば、それは公が強いてくる刑罰による改心よりもはるかに価値があることになります。

結局、この二つの話を併せて見えてくるのは、公的な罰というもののわからなさというか、それがどの程度その人を反省させるのか曖昧であるということと、同時に、自分自身で本当に改心することも大変難しいという、その両方を言おうとしているのかな、という気がします。

飴田　自分で改心したというのは、ハードルが高い分、大変尊いですよね。

木村　それをやはり描きたいわけです。これは、他のオー・ヘンリーの作品でも色々見つけることができますので。

飴田　ただ、世間的にはわかりづらいですよね。改心したかどうかというのは目に見えないものだから。認められにくい。

木村　本当に。法律とは全然レベルが違うので、人に見えないそういうところを掬い取るのが、むしろ文学という世界独自の領分なのかなと思ったりします。

飴田　そうですね。ちょっと他の作品も読んでみたくなりました。

（二〇一四・一・一六　放送）

《本書の元となった論考》

- 「太宰治『新釋諸國噺』試論―「赤い太鼓」と「粋人」―」
  『叙説』22、1995・12、後、『太宰治翻案作品論』和泉書院、2001・2
- 「船上と白洲―「高瀬舟」試論―」 『福井県立大学論集』8、1996・2
- 「芥川童話における〈因果〉再検討―「蜘蛛の糸」から「魔術」へ―」
  同前　10、1997・2
- 「寓話の中の変容―戦後短篇管見―」 同前　30、2008・2
- 「『夢十夜』の錯誤―「第二夜」と「第六夜」―」 同前　32、2009・2
- 「誤算の闇―菊池寛「藤十郎の戀」試論―」 同前　34、2010・2
- 「「駈込み訴へ」を読む―山岸外史「人間キリスト記」との接点から―」
  『季刊iichiko』108、2010・10、後、『太宰治の虚構』和泉書院、2015・2
- 「三島由紀夫自選短編集『真夏の死』を読み直す」
  『季刊iichiko』116、2012・10
- 「数珠つなぎ　オー・ヘンリー」 『水路』18、2014・7
- 「森見登美彦『新釈　走れメロス　他四篇』論―連作としてのメタフィクション―」
  『福井県立大学論集』47、2016・8
- 「異形の兄姉・饒舌な弟妹―江戸川乱歩「押絵と旅する男」と岩井志麻子「ぼっけえ、きょうてえ」を併せ読む―」 同前　50、2018・8

《「空飛ぶ文庫」で取り上げた作家・著作》 (2018.7現在。※は本書所収)

2013
- 7.11 太宰治「走れメロス」
- 8.15 小川未明「野ばら」
- 9.19 アンデルセン「絵のない絵本」※
- 12.12 太宰治「赤い太鼓」※

2014
- 1.16 オー・ヘンリー「警官と讃美歌」※
- 2.13 太宰治「雪の夜の話」
- 3.20 菊池寛「藤十郎の恋」※
- 4.10 森見登美彦「桜の森の満開の下」※
- 5.8 芥川龍之介「トロッコ」※
- 7.3 三島由紀夫「雨のなかの噴水」※
- 9.4 村上春樹「パン屋再襲撃」※
- 12.4 森鷗外「高瀬舟」※

2015
- 1.8 宮沢賢治「注文の多い料理店」
- 4.2-9 谷崎潤一郎「春琴抄」
- 6.11 樋口一葉「たけくらべ」
- 8.13 安部公房「手」※
- 11.5 太宰治「駈込み訴へ」※
- 12.24 北條民雄「いのちの初夜」

2016
- 4.14 石川啄木「ローマ字日記」
- 6.23 夏目漱石「夢十夜」※
- 8.11 石川淳「灰色のマント」※
- 11.10 夏目漱石「三四郎」「草枕」

2017
- 3.16-23 夏目漱石「こころ」
- 7.6 芥川龍之介「地獄変」
- 8.17 芥川龍之介「蜘蛛の糸」「魔術」※
- 11.16 芥川龍之介「蜜柑」

2018
- 1.18 江戸川乱歩「押絵と旅する男」※
- 4.12 吉行淳之介「童謡」

あとがき

営業廻りの人達が車で帰社する夕方の時間帯を、ドライバーズゾーンと呼びます。家では夕飯支度にとりかかろうとする時分でもあり、比較的聴取者が多い時間帯なのだそうです。

木曜日の五時、「そ、ら」「とぶ」とあたかも一対の翼のような男女の声が互いに囁き重なり合い、次いで慌ただしく羽ばたく音、そしてサティのジムノペディがゆるゆると流れ出し、番組の始まりを告げます。

「空飛ぶ文庫」はFM福井で二〇一三年四月から放送が始まった、本に関する情報番組です。ゲストによる本をめぐる様々な話題、著者へのインタビューが中心ですが、月末は読書会。三名のゲストがそれぞれお薦めの本を持ち寄って感想をお喋りし合うにぎやかな時間ともなります。

番組の企画・編集・パーソナリティを一手に引き受ける飴田彩子さんと知り合ったのは、番組開始を遡ること三年半前の夏、「人はなぜ怖い話を読みたがるのか」というお題でコメントを収録しに研究室を訪ねて来て下さった時でした。その年がたまたま太宰治生誕百年にも当たっていたため、直後、朝の生番組にゲストとして呼んで頂いたり、県立図書館の朗読会でご一緒したり、とご縁は急速に深まりました。

番組収録時の飴田さんは、短時間の打ち合わせだけで即座にこちらの趣旨を理解して下さり、その聡明さと本番での機転には、いつも脱帽させられます。話し言葉と対話のプロである飴田さんのベースは、若い頃から積み上げられてきた読書経験によっても形作られている、と感じました。

書き言葉とは違い、話し言葉はその場でどんどん消えていきます。また、聴取者の方々はテキストを手元に持っているわけでも事前に作品を読んでいるわけでもありません。用事をしながら片手間にでも理解でき、途中からでも内容に入れて、逆に途中で抜けても何かが残る、本来ならそういう話し方を求められるのでしょう。素人の私はもちろんそのようなレベルには程遠く、反省の連続でしたが、飴田さんは常に忍耐強く対応して下さいました。

本書の内容の大部分は、既に拙論で発表したものです。論文というものは同領域内でしか通用しないような言葉を用い、おびただしい先行研究を踏まえるために、一般の方々の目に触れることはありません。自分の読み方を簡便に伝えられ、その面白さを共有できる書き方はないものか、とずっと思っていました。そんな折、放送を耳にして下さった方々から「本にしてはどうか」との声を時々頂いたことが、この一冊の生まれたきっかけです。文学部のない勤務先で一般教育を担当してきた私にとって、この語りは自分の日常そのものでもありました。

ただ、ひとつには私の勉強不足のため、毎回自分の考えたネタだけでは間に合わず、またもうひとつには二十五分間程の限られた時間内でいわゆる〈いいとこどり〉をするため、先行研究から得た知見を、出所を省いて話さざるを得ない局面もありました。この場をお借りして非礼をお詫び申し上げます。本書には自分の考えを前面に出したものを選んで収めました。

「ラジオと本の親和性を生かしながら、双方の魅力を伝える」（番組ＨＰ）、これが「空飛ぶ文庫」のコンセプトです。ならば、この番組が再び本に姿を替えて飛び戻ってくるというのもまた、それにかなったありかたではないでしょうか。

様々な偶然が重なり、この番組に関わらせて頂いたことを、大変ありがたく幸せに感じています。地方ラジオ局では、本に関する番組を継続することは難しいと聞きます。稀有とも言えるこの番組が多くの方に愛され、人と本との出会いという役割を担っていつまでも飛び続けていきますように。

放送内容を一冊にまとめることを御了承下さった福井エフエム放送株式会社の栗田剛夫社長に、まず御礼申し上げます。音声の起稿はコミュニティプラザの田坂譲氏にお願いしました。迅速で確実なお仕事に、敬意と共に感謝の意を表します。原稿を整えていた頃、福井は大雪の日々。物流が途絶え、日に日に冷蔵庫内は空いていき、灯油は底を突き、不安な日々が一週間以上続きました。閉じ込められた特別な時空での作業中、ラジオの音声が耳元でさやさやと聞こえていたような気もします。

装幀をご担当頂いた上野かおる氏とは、今回三度目のご縁。また、出口敦史氏にイラストを描いて頂きました。内容の趣旨に即した楽しい本に仕上げて下さったお二人に、感謝申し上げます。

初めて出版をお願いし、御快諾戴いた澪標社主の松村信人氏には、以前から刊行物をご恵送頂き、またメール上でもやりとりがあり、どんな方かとお目にかかるのを楽しみにしていました。今回はタイトルへのアドヴァイスから細部のレイアウトに至るまで色々とお手を煩わせてしまいましたが、常にきめ細かなご配慮を下さったことに、心より御礼申し上げます。
なお、本書は二〇一八年度福井県立大学個人研究推進支援を受けて刊行されたものです。

二〇一八年七月

木村小夜

木村小夜（きむら・さよ）
一九六三年生、京都市出身。
奈良女子大学大学院博士課程人間文化研究科退学。博士（文学）。
現在、福井県立大学学術教養センター教授。
主著：『太宰治翻案作品論』（二〇〇一）
『太宰治の虚構』（二〇一五、共に和泉書院）

ままならぬ人生―短篇の扉を開く―

二〇一八年八月三〇日発行

著　者　木村小夜
装　幀　上野かおる
発行者　松村信人
発行所　澪標《みおつくし》
大阪市中央区内平野町二―三―十一―二〇二
TEL　〇六―六九四四―〇八六九
FAX　〇六―六九四四―〇六〇〇
振替　〇〇九七〇―三―七二五〇六
印刷製本・亜細亜印刷株式会社